弁護側の証人

小泉喜美子

弁護側の証人

目次

弁護側の証人

序章

わたしたちは、面会室の金網ごしに接吻した。みじかい、名ばかりの接吻だった。わたしたちの唇は冷えきっていて、ほんのすこしのあいだふれあったきりだった。そんなものが接吻と呼べるかどうか、わたしにはわからなかった。

「――さようなら」

と、夫は言った。

彼は、この前会ったときよりはふとって、ずっと元気そうに見えた。ほとんどといっていいくらいおちつきをとりもどしており、わたしの姿を見ても、べつに動揺した様子はなかった。

彼の眼は、やさしく、もの悲しげにわたしをみつめていた。あごからこめかみにかけて、かつてあんなにもはげしくわたしに頬ずりした暗い青い森があった。

（澄んで、さびしげな光をたたえているあの眼！　ああしてまっすぐにわたしのほうを見おろしているあの眼！　あれが人を殺した男の眼だろうか？）

わたしは、またおなじことを考えている自分に気がつくのだった。

「さよならじゃないわ」

と、わたしは言った。

「すべてが終ってしまったわけではないのよ。まだ、控訴があるわ。上告だってある」

こんな強がりが今の夫の耳にどんなにそらぞらしく聞こえるか、わたしはとっくの昔に承知していなければならないはずだった。

わたしの態度は、とてもみっともなかったにちがいない。

わたしを見おろしている夫の眼には、はじめて、かすかなあせりに似た表情があらわれた。

「まだ、そんなことを言っている」

ききわけのわるい子供をたしなめるように彼は言った。

「いいかげんに冷静にならないか。死刑が宣告され、弁護士たちもさじを投げてしまったんだ。控訴だってどうせおんなじようなことがくりかえされるだけだろうし、これからはもう、面会も今までのようには――」

「わたしは冷静よ」

かまわず、わたしはつづけた。ききわけのわるい子供そっくりに。

「生まれてからこんなに冷静だったことは一度もないわ。わたしは、さいごのさいごまで望みをうしなわないでいることにきめたの。世間の人ぜんぶに見捨てられたとしても、わたしだけは。わたし一人だけは」

夫は微笑した。

わたしの強がりが、ただの強がりにすぎないことがわかったので、可哀想になったのだ。だから彼は微笑したのだ。

金網のあいだから夫はわたしの手をさぐりあて、指先をそっとにぎった。

「きみの気持はよくわかっているよ。そんなふうになってしまうのも無理のないことだと思う——。しかし、今となって、ぼくらになにができるというんだ？　ぼくらはあれほど必死になったじゃないか、弁護士、証人、いろんな調査。現場の状況やアリバイも、何度も何度も検討しなおしてもらった。それでもだめだったんだ。キメ手になる反証どころか、不利になる一方だった。今さら、きみ一人がなにを……」

ふいに、夫はわたしを見据えた。

やさしい、静かな光は、彼の眼から消えようとしていた。

彼はわたしをみつめ、禁断の秘密の扉《とびら》でもひらくときのように、その次の言葉をそろそろと口に出すのだった。

「まさか、きみは——判決をひっくりかえせるような——新しい、有力な証拠を思い出した——などと言うんではないだろうね？　もし、それだったら……」

看守の近づいてくる足音をわたしは聞いた。面会時間の終りを告げるためにゆっくりと近づいてくるのだ。

「わかったのよ」

ひくい声でわたしは答えた。

「だれがお舅《とう》さまを殺したのか——それをかくすためにその人がどんなことをやってのけたかが。もしやと思ってはいたけれど、犯人だという証拠がわたしにはどうしてもつかめなかった人……公判の大詰にきて、わたしにはやっとそれがつかめたのよ」

看守の影がすぐそこに見えた。わたしは顔をまっすぐ上げた。

「だから、もうだいじょうぶよ。わたしはもう一度ぶつかってみる。わたしの言うことを信じ、それを役に立ててくれる人をさがして、なにもかも洗いざらい話してみる。わたしは決してあきらめないわ」

「しかし、弁護士に会ったところで——」

すがりつくように夫は言いかけたが、もう言葉をかわしている時間はなかった。わたしは夫の指をつよく握りかえし、すぐに放した。そして、早口につけ加えた。

「信じていてね、罪もない人を死刑にすることはだれにもできないのよ」

別れぎわにわたしのまぶたにのこったのは、そのときもまだ金網をつかんでいた夫の指だった。それはこきざみにふるえていた。おだやかな水面に投げられた小石がたてた、ちりめんじわのさざなみのように——。

わたしが石を投げたのだ。

せっかく夫が得ようとしていた心の安らぎを、わたしは乱してしまった。

今日になってわたしと面会したことを、彼は悔やむにちがいない。

ふたたび、彼は、ねむられぬながい夜々をすごすはめになるだろう。おそろしい不安と期待と焦慮のうずの中でもみくちゃにされつづけたあげく、もはや一刻もそんな思いには耐えきれなくなって、どうか早いところ刑が確定し、執行され、いっさいのカタがついてしまわないものかと、やけくそのように祈ったりするだろう。

彼とは、そんな人間なのだから。

だが、わたしはちがう。

わたしは、彼が考えているほどあきらめのいい人間ではない。わたしがそんなたよりない女だと考えていたのなら、それは彼のまちがいだ。わたしが、もうなにひとつたたかう気力も失せて、このままおとなしく運命にしたがうと考えているのなら、大きなまちがいだ——。

その夜、もうすっかりおなじみとなった孤独な闇がいつものようにわたしをつつんだとき、わたしはまだ大きく眼をひらいてその闇をみつめていた。暗闇のどこかでわたしは声を聞いた。ほんの二、三日前に聞いたことのある、いやにおもおもしい、勿体ぶった、冷酷な声だった。それはこう言っていた。

『被告を死刑に処する』

——あの言葉を聞いたとき、どうしてわたしは夫のほうを見なかったのだろう？　もちろんわたしには見られなかったのだ。夫がどんな態度で、どんな表情でそれを聞いているか見定めることなんか、わたしにはどうしたってできはしなかったのだ。

『……を死刑に処する。判決理由。訴因第一、八島龍之助の殺害については刑法第二百条を適用し……訴因第二、文書毀棄については刑法第四十六条の定むるところにより刑を科せず……犯行は冷血惨虐をきわめ……その動機には若干の情状酌量の余地なきにしもあらずとはいえ……被告人には改悛の色がまったく見うけられず、あくまで自己の無罪を主張し……その態度にはもはや一片の同情も……』

法廷の中は水を打ったように静まりかえっていた。判事たち、検事たち、弁護士たち、傍聴人たち——彼らの顔はどれも石で彫った顔のようで、そのかげに、裁判長の朗読が終りしだい、万歳！　と叫び出しそうな、うずうずしたなにものかを押しかくすのに苦労していた。

法廷の南側の窓には陽光がいっぱいに射していた。その日ざしと、うすくほこりのたまった窓ガラスのにぶい照りかえしはわたしになにかを思い出させた。この場の異様な静けさと荘重さ、緊張の中にひそむ一抹の期待と興奮、判事席や証言台や傍聴人のための殺風景な木のベンチの配列は、わたしにしきりとなにかを思い出させた。

なにか、この場の情景によく似ているもの。あるいは、似ても似つかないもの、ひどくかけはなれた性質のものでありながら、しかもたいそうよく似ているもの……たしかに一度はわたしの人生をおとずれてきたことのあるもの。それも、この法廷をおおっている息苦しいまでの荘重さとまったく同程度の荘重さで、同程度の緊張と興奮とをもって、わたしの人生をおとずれてきたもの。

二つはとてもよく似ていた。あまりよく似ているので、まじり合いかさなり合いして、ごっちゃになってしまいそうになるほどだ。

『……この判決に対して、被告人は十四日以内に東京高等裁判所へ控訴することができる。被告人の場合、刑事訴訟法第三百六十条の二にしたがって上訴権の放棄は認められないから、弁護人とよく相談の上、しかるべき手続きをとるように』

その声が冷酷なのではなかった。大それた罪をおかした人間に向かって、死刑の判決を言いわたす裁判長の声がおもおもしいのはあたりまえだった。裁判長はしごく当然のことをしただけなのだ——もし、その人間がほんとうに罪をおかしたのでありさえすれば。

冷酷なのは判決ではなかった。冷酷なものはもっとほかにあった。それは検事でもなければ判事でもなく、警察の人間でさえもなかった。もっとほかの人たちだった。一致協力してこの判決をくださせるのに成功した人たちだった。

——暗闇をみつめているわたしの眼には、その人たちの姿はよく見えなかった。わたしにはそんなものを見る必要はないのだった。

わたしには、簡素な春のスーツに白いちいさな帽子をかぶり、白い花束をにぎりしめている、そわそわした花嫁と、そのかたわらに立っている端正な花婿の姿が見えた。聖壇のうしろの彩色ガラス《ステインド》に射していた薔薇色の光が見えた。その窓を背に、わたしのほうをぼんやり見おろしていたはりつけのキリスト像の、蒼ざめた、無気力そうな横顔が見えた。

わたしの耳には、わたしたちを前にしてながいことくりかえされた牧師のお祈りの、おもおもしい、勿体ぶった口調が聞こえてきた……。

そうだ、裁判長の朗読を聞きながら、わたしがしきりに思い出そうとしていたものがこれだった。法廷の窓や判事たちの表情をながめて、わたしが思い出そうとしていたものがこれだったのだ。

あの日のことなら、わたしはどんな些細な事柄でもおぼえているはずだった。判決の日の法廷を忘れることができないと同様に、あの日のことをわたしはなにもかも記憶していた。あの日のすべてが新鮮で、いきいきしていて、興奮にみちあふれていた。あそこには、ありとあらゆる期待が、冒険が、夢へのかけ橋があった。

わたしたちのあいだに生まれた、あのありふれた、だが、すばらしかった恋の結末が、やがて、羽根ぶとんの上で血にまみれて死んでいる醜悪な一人の老人の姿へとなんの渋滞もなくつながっていったことを思うと、ほんとうにふしぎな気持がする！

牧師が夫に、わたしを妻としてうけいれるか、死が二人を引きはなすまで愛情と敬意をもって妻を遇するかどうか尋ねていたときも、わたしは夫の顔を見ることはできなかったものだ。すっかりのぼせあがっていたし、第一、今度は牧師の問いに自分が答える番なのだということを考えただけで頭がいっぱいで、彼の顔を見あげる余裕なんかぜんぜんなかったのである。

——今になって考えてみると、あの誓いの文句を創り出した人はあまりよく気のつくタイプではなかったのではないかという感じがしてくる。

牧師はわたしたちに、

『死が二人を引きはなすまで』

と型通りの言葉を使って永遠を誓わせたけれども、この〝死〟とはいったいだれの死を意味したのだろう？

わたしたちは、二人のうちのどちらかの死によって引きはなされたのではなかった。

わたしたちは二人ともまだ死んではいない。だのに、わたしたちは鉄格子の内と外とにへだてられた。一枚の金網をへだててわたしたちは顔を見合わせることもできるし、指先をふれ合うこともできる。しようと思えば、接吻だってできる。だが、わたしたちのあいだには数万キロの距離がおかれたのだ。

わたしたちを引きはなしたのは、わたしたち二人以外のものを襲った死だった。そんなものがわたしたちを引きはなすことなど決してできないはずであった。すくなくとも、牧師の問いかけに従順な機械のように答えていたあのとき、わたしたちはそんなことはなにひとつ考えおよばなかったのだった。

第一章　花　婿

「──を、夫としてうけいれますか？」

と、牧師は今度は花嫁に尋ねた。

「誠実な女性として、すこやかなるときも病むときも、繁栄にあっても逆境にあっても、愛情と敬意をもって夫を遇し、夫以外の男性を近づけぬことを誓いますか？──死が二人を……」

その前にも、もちろん、なにかいろいろとしゃべりつづけていたのだが、花嫁には聞きとれなかった。

牧師の言葉は、彼女が今まで聞いたこともなかった、荘厳な宗教音楽《オラトリオ》のように耳のはたを通りすぎていってしまった。

「はい──」

と、どうにか彼女は答えた。

「それでは、指環を」

牧師にうながされて手袋をぬぐとき、彼女はちょっともたもたした。舞台《ステージ》のようにはいかなかったのだ。

たいていの新郎新婦がこのときへまをやると見えて、牧師はべつだんしぶい顔もせず、新夫婦のほうへ、もの馴れた、生気のない営業笑いを投げて、

「——おめでとうございます」

と言った。

式は、それでおしまいだった。

礼拝堂の中に、牧師をふくめても合計四人の人間しかいないことは、花嫁をそれほどさびしがらせはしなかった。ただ、両親が生きていてくれたらと思うと、それがすこし残念だった。

(でも、いいわ。もう、ひとりぼっちじゃなくなった。夫ができたのだ。こんなすばらしい夫と、それから家族——)

だが、はたして、彼女は家族も手に入れたのだろうか？　これは、はなはだ疑わしい問題だった。

彼女はまたもや少々たよりなげな顔つきになって、からっぽのベンチの列を背にたっ

た一人立っていてくれた列席者のほうをかえりみた。もっとも、そのたった一人というのは、五十人分に匹敵する祝意と、ヴォリュームと、騒々しさとを兼ねそなえていたのだが。

「おめでと！　結婚式っていいね。とくにアーメンのはね。あたしまで涙が出ちまった」

と、《クラブ・レノ》の専属ヌード・ダンサーのピカ一、エダ・月園《つきぞの》は叫んだ。

エダはもう、この商売ではうばざくらといっていい年ごろだったが、彼女がそのなまめかしいかすれ声をはりあげると、満艦飾のドレスとアクセサリイの下で盛りあがった胸がぶるんぶるん動いた。牧師が急いで立ち去ったのはお役目本位のそっけなさからばかりではないらしい、と花嫁は同情した。

「ありがとう、エダ。来てくれてほんとにうれしいわ」

「もうミミイ・ローイじゃないんだね。八島杉彦《やしますぎひこ》夫人なんだね！　ほかの連中も出席したがっていたのよ。でも、どうしても《ピンクのベッド》の稽古《リハーサル》にぶつかっちまうというんで、あたしだけこっそり抜けてきたの。それと――」

エダは肩をすくめた。

「だれだって、すこしはあんたにやきもちをやいているのさ。このあたしにしてからが、あんたからこの話をはじめて打ちあけられたときには、いささかアタマへきたもの。一流とはいえないキャバレーのストリッパーと、八島産業のおん曹司の組合わせ。知り合って一カ月にもならない電撃的結婚――こりゃなにか、よくないことが起こるにちがいないと思ったね」

「ぼくだってストリップぐらい見るぜ」

と杉彦が言った。

「いや、ストリップなら見る、と言いなおしたほうがいいかな――まあ、とにかく、大げさに考えることはひとつもないんだ」

彼は花嫁の腕をとり、三人は礼拝堂の中央の通路を出口のほうへ向かって歩き出した。

「ふらりとのぞいた二流の《レノ》で、二流ではない生涯の伴侶をぼくがみつけた、というだけのことじゃないか」

「でも、世間の人はそう簡単には見ないわよ。げんに、一人息子の結婚式だというのに、あんたの家《うち》の人たちは――」

「エダ、おねがいだから」

花嫁が袖をひっぱったので、エダはしまったというふうに唇をすぼめて見せた。

「そうそう、式なんて問題じゃなかったんだわよね。あんたたちはおたがいに一目で好きになっちまって、今や相手の顔のほかはなにひとつ目にはいらないほど熱烈に愛し合ってて、家柄だの財産だのの豪華な披露宴だのなんぞのために夫婦になったんじゃなかったんだわねえ。それはようくわかっているわよ。それに、あんたは――」

　急にエダは、異国人を見るような目つきになって、花嫁をながめあげ、ながめおろした。

「ちゃんとした学校だってかよっていたんだし、両親《ふたおや》さえ生きていたらこんな稼業にはいる娘じゃなかったんだもの」

「花嫁衣裳だけは心残りじゃなかったのかい？」

　杉彦の口調には、身も心も許し合った間柄だけに通じる、からかうようなそっけなさがあった。

「《ファンシイズ》の飾り窓にあったやつ、すぐ着られるのはあれだけだったから、買ってもいいよってなんべんも言っただろう？」

「いいのよ、これで」

　心の底から花嫁は答えた。

　衣裳どころか、結婚式なんて――お祈りつきの結婚式なんて、一生挙げられなかったかもしれないのだ。

「そんなになにもかもいい気になったら、ばちがあたるわ。これだけだって空おそろしい心地がしているのに」

　左のくすり指にならんだ小粒のダイヤを彼女はながめた。杉彦が自分の〝ポケット・

マネーで〃買ってくれたものだ。

『おやじさえうんと言ってくれていたら、もうすこしましなやつを買えたんだが』

というのが彼の言訳《いいわけ》だったが、正直なところ、彼女はそのとき、指環なんかその十分の一の代物でけっこうだから、そのぶんだけ彼の家族——父親や姉夫婦たち——に肉親としてみとめてもらえたら、と思わずにはいられなかったのである。

だが、まあ、あせるまい。

エダの言う通り、どう見たってこの結婚には、すぐには納得いきかねるものがある。当の花嫁がそう感じるのだから、ついこのあいだまで舞台《ステージ》でおへそを出して踊りまわっていた女が自分たちの家族の一員になる、と知って狼狽しないほうがどうかしている。まして、その家の系図からは、肩書や紳士録の一ページや優雅な目礼などをこそ連想すれ、ほつれた網タイツだの、

『もっと尻《けつ》を振れえ!』

などとわめく酔っぱらいなんか、どこをさがしても見あたらないのだから。

まあ、あせるまい。

とにかく、自分にできる範囲のことを、上手に、いっしょうけんめいやることだ。

(——でも、わたしにそんな器用なことができるだろうか?)

今まで自分がどのくらい器用な人生を送ってくることができたか、ミミイ・ローイは

ぼんやり考えてみる。

『ミミイ・ローイ、ストリップで食っているんなら、これくらいのサービスをいやがっちゃあいけないねえ』

『ミミイ・ローイ、踊るだけで金がとれるほど踊りがうまいとでも思っているというのかい？』

ミミイ・ローイ、ミミイ・ローイ、ぐずで、かまととで、話にならないミミイ・ローイ、どじばかり踏むミミイ・ローイ……。

だが、この甘ったるい、ばかげた芸名とはもうお別れなのだ。汗くさいバタフライ、下品な野次、深夜の居残り稽古とももうお別れだ。彼女は八島杉彦夫人になったのだ。

彼女がこれから足を踏み入れようとしている世界は、媚態と作り笑いの、二枚舌と落とし穴の、裏切りだらけの世界ではなかった。育ちのいい、おっとりした人たち、人を疑うなんてことを知らない、心のやさしい人たちの世界なのだ――。

（とにかく、やってみることだ。あんがい、うまくいくかもしれない……どちらにもせよ、わたしにはもうこれしか行く道はなくなったのだ）

無意識のうちに、彼女はまたもや結婚指環を撫ぜた。ちょっとのあいだ、彼女の心は、夫からもエダからもかけはなれた、どこか遠くのほうをさまよっているかに見えた……。

「まったく、きみっていう女は」

杉彦は新妻の生えぎわにかるく唇をふれた。

「近頃ではめずらしい、欲のない、変わった娘《こ》だよ」

「この娘《こ》は、ほんとうにめずらしい、変わった娘《こ》よ」

エダがあいづちを打った。

「だから、大切にしてやってね。あんたとの話がきまってからも、この娘《こ》は有頂天になってはしゃぐかわりに、何日も何日もおびえたように考えこんでいたのよ。『だいじょうぶかしら？　あとでとりかえしのつかないことにならないかしら？』ってね。たいていの女なら、これから買ってもらえる衣裳の数でもかぞえるときにね」

一台のジャガー・マーク・3.4が教会の車寄せに停まっていた。杉彦の車だ。

これを気の向くままに駆っての数日間の新婚旅行ののち、彼らは湘南のF市の郊外にある新郎の家——正確にいえば、新郎の父親の家にはいる。

二人してその家に住むという計画を杉彦から聞かされたとき、彼女はいささかめんくらったものだ。

結婚式にも立ち会わない、二人の仲をどうしてもみとめようとしない舅《ちち》や義姉が、どうしてそれを許すのか？　彼らのきげんがなおるまで、どこかにアパートでも借りたら？

だが、杉彦は平然としたものだった。

『ぼくはあの家の一人息子なんだぜ。なんだかんだといったところで、結局、おやじはぼくにあの家を継がせるほかはないんだからね。姉たちはたまに遊びにやってくるだけだし、おやじはリュウマチ病みのよぼよぼじいさ。アパートを借りるだって？　あの広い家を女中たちの昼寝の場所に提供してか？』

それでも彼女はながいこと考えこんでいたのだが、とどのつまり、夫の言うなりになった。

『おやじなんか、会いたくなければ幾日だって顔を合わさずにすむんだよ。棟のちがう離れに住んでて、ぜんぜんべつの生活をしてるんだから』

杉彦はこうも言ってくれたが、しかし、これは彼女の本意とするところではなかった。できることなら、彼女は義父になる老人に早く会いたかった。義理の姉、その夫、親類たち、使用人たちにさえ早く会って、打ちとけてもらいたかった。義姉の前に立って、こう言ってやりたかった、もし、できることなら。

『わたくしについてのお義姉《ねえ》さまのご意見、主人から聞かされましたけれど、残念ながらそれはお義姉さまのお考えすごしです。わたくしは、〝八島家の財産目あてに彼を誘惑した〟のではありません。彼が、《クラブ・レノ》に十日間かよいつめたあげく、わたくしに求婚したのです。もちろん、はじめのうち、わたくしはそんな……』

教会の前庭のとげなしにせアカシアが、四月のそよ風に葉という葉を揺すっていた。

空気は甘ずっぱく、ぬれた黒土と新芽の香りがした。彼女の心は耐えがたくうずきはじめた——。

先にジャガーに乗りこんでエンジンの調子を点検していた杉彦が彼女のほうを向き、早く乗らないかというように警笛《ホーン》をがならせた。彼女は花束をエダの手に押しつけ、その手をかたくにぎりしめてから、あたふたと夫のとなりへ乗りこんだ。背広の衿に挿していた花をめんどくさそうにむしりとり、サングラスをかけなおした杉彦は、神妙な花婿から道楽息子《プレイボーイ》らしいいつもの調子にかえってエダに手を振り、いきおいよく車をスタートさせた。

反動で、花嫁はシートにお尻をしたたかぶっつけた。いいのよ、いいの、夫はエダに妬いているわと、彼女はものわかりのいいところを見せた。

(わたしとエダがあんまりながいことなごりを惜しんでいるものだから、わざと乱暴に車を出したのよ。しようのない坊っちゃん! わたしがエダと同性愛だとでも思って?)

お尻は痛く、拍手もカメラの閃光《フラッシュ》もない出発だったが、彼女は充分幸福だった。夫はエダにさえ妬くほど彼女を愛しているのだ——。彼女はエダのほうをふりかえった。

エダは花をかかえたまま教会の石段の下に立って、まぶしそうに眼をほそめながらこっちを見送っていた。その姿はみるみる遠ざかった。この結婚を心から祝福してくれたたった一人の人間であるエダに、別れなければならないというのはつらいことだった。

いつでも、どこでも、その巨大な乳房をアラモの城塞のように突き出して、ミミイ・ローイをかばってくれたエダ。金運も男運も言葉づかいもよくないけれど、義侠心と万人向きセクス・アピールは人の三倍そなえていて、ミミイ・ローイをつかまえては、

『いい人をみつけて早くかたぎにおかえりよ』

と説教するのが癖だったエダ。

――だが、そのエダだって一言《ひとこと》言わずにはいられなかったのだ。エダが、ほかの踊り子たちのように単なる羨望や嫉妬からだけで言っているのではないことを、ミミイ・ローイはよく承知していた。

『あんたの幸運に水をさすわけじゃないけどね』

八島産業の評判息子の恋女房に《レノ》のミミイ・ローイがおさまるときまったとき、エダはこう前おきして言ったのだ。

『嫁《い》ってからあんたが苦労するだろうってことは、だれの目にも見えているんだよ。いえ、ストリッパーだからどうのと言ってるわけじゃない、あたしはあんたぐらいいい女房になれる女はいないと思ってるほどなんだ――。問題はあの人にあるのさ。遊び仲間ではだれ知らぬ者もない、あのどら息子ぶりにね。一族のもてあましものといわれているあの人を生まれ変わらせたのはあんたの力だ、といわれるようにするのよ。負けちゃ

だめ、どんなことがあっても負けちゃだめ。あんたは、はだか踊りから足を洗うんだよ』

一族のもてあましもの――一族のもてあましもの。この言葉はイノコズチの青い実のように彼女の心にこびりついていた。

(――でも、それがなんだろう?)

彼女はその実をはらい落とす。

(このひとは、甘やかされて育った上に大事な年ごろにお母さんを亡くし、少々放蕩をして、少々父親の会社のお金に手を出して、少々家名に泥を塗っただけだ……金持のお坊っちゃんにはざらにあるあやまちだ。それもふっつりあらためると誓っているのだし、そしてなにより、やさしい、すばらしいあの微笑! わたしはこのひとを心から愛してしまったのだ)

それにまちがいはなかった。彼女は自分できめた道を歩き出したのだ。

あるいは、彼女の内部のなにものかがきめた道を。

(『はだか踊りから足を洗うのよ』だって? あたりまえよ、エダ。今日からわたしはこのひとをいのちよりも大切にするのよ)

疾走するジャガーの座席で、若い妻は夫の横へもうすこし身体をすり寄せた。

○

K県F市○○、八島杉彦夫人より、東京都S区××、キャバレー《クラブ・レノ》楽屋内、エダ・月園こと築野《つきの》えつ宛の手紙。

エダ、お元気ですか？

お別れして一カ月も経っていないというのに、もう何年も会わないでいるような気がいたします。あのときはわざわざ来てくださってほんとうにありがとう。

わたしたちは無事に旅行を終えて、この家におちつきました。ホテルの庭でうつしたスナップを同封するわね。見て！　わたしの顔。目張りやなんかとるとまるっきり変わっちゃうんだねって、彼に言われたわ。

ここでの生活は、なにかにつけてわたしの想像していたとおり、あるいはそれ以上です。家はF市を眼下に見おろす丘の上に建っていて、たいそうお金のかかった穴ぐら、という感じがします。主人の話では、お母さんが亡くなり、お姉さんがお嫁にいってしまってからはずっとこうなんだということです。だから、これからはわたしがこの家のホステスとして——《レノ》のホステス、というときとはちがう意味なのよ。本来はこの使いかたのほうが正しいんですって——この穴ぐらをあたたかい家庭に立ち返らせる役目をつとめることになるわけです。

もちろん、わたしはまだなにひとつ手を出してはいないわ。ここには〝大奥さまご在世以来の〟女中が三人いて、今のところわたしは、彼女たちを監督するどころか、逆に、頭のてっぺんから足の先までじろじろ見られているという段階にすぎません。わたしはじいっとおとなしくしていて、機会を見て一挙に彼女たちと手を結んでしまうつもりです。

エダ――はじめてわたしがこの家の門をくぐるときのことを、あなたはずいぶん心配してくれたわね。

そう、まあ、それほどのこともなかったわ。

でも――エダ、あなた、『レベッカ』読んだことある？　女主人公がはじめて夫のマクシミリアン・デ・ウィンターの館《やかた》へつれていかれるくだりをあなたが知っていてくれると、話は簡単なのだけれど。ああ、そうそう、あなたは本を読み出すと五分でねむくなるんだったわねえ。

デ・ウィンター夫人は今のわたしの境遇によく似ています。あの小説のところどころが、わたしたち夫婦に似かよっているのです。

けれども、ぜんぜんちがうところもたくさんあってよ。八島はデ・ウィンター氏のようにゆううつ症にかかった中年の再婚者ではないし、うちの裏には死体を乗せたヨットが沈んでいる美しい入江があるわけでもありません。

そのかわり、広い庭と、ロマンスか怪談をひそめていそうな深い古井戸と、リュウマチ病みのがみがみやのおじいさんが住んでいる、きれいな、しゃれた離れがあります。

このおじいさんが、八島産業、八島開発、八島不動産、その他、八島と名のつくありとあらゆる企業の実権と全財産とを痛む手にがっちりとにぎっているのです。ほんとうに大変なことですよね。

八島があらかじめわたしに教えてくれたところでは、彼の父は〝よぼよぼの〟、〝お迎えのくるのも遠い先のことではない〟、病気の老人、ということでした。

でも、エダ、男の人ってどうしてこう説明が粗雑なんでしょう！

会ってみると、八島の父はたしかにリュウマチを病んではいましたが、〝よぼよぼ〟でもなければ〝なにかに片足を突っこんで〟もいませんでした。むしろ、八島自身よりはるかに生気にあふれ、〝身もちのわるい〟一人息子や、不平ばかり鳴らす社員たちや、ときおり襲いかかる激烈な痛みに腹をたててどなり散らしている、かんしゃく持ちの孤独な老社長《ボス》、という印象を受けました。

――けれど、これはずいぶんと好意的な見かたなのよ。その人が今もってわたしを息子の嫁とはみとめようとしない、石あたまの老いぼれであるにしてはね！

それにしても、エダ、わたしが意外に早くお目通りを許されたものだと思うでしょう?

そうなのよ、ここへ来て三日目に離れから呼び出しがあったとき、わたし、とっさに考えたの、これはいよいよきたな、って。呼びつけられて、今すぐ出ていけってどなられるんだなって。

わたしは覚悟をきめて主人と二人で離れへ急いだんです。

——〝謁見〟はあっけなくすみました。あっけない、どころの騒ぎじゃなかったわ。贅をこらした十畳の日本間のまんなかに、でっかい金庫や文机やテレビや古ぼけた仏像なんかにかこまれて豪勢な寝床が敷いてあって、その上にすわりこんだナイト・ガウン姿のつるっぱげのおじいちゃんが、こっちをじろりとにらみつけて、

『あんたがこのろくでなしの心を入れかえさせたとかいう踊り子かの。わしにはそんなことは、八島産業の労働組合を圧さえるよりむずかしいことだとしか思えん!』

てどなるんです。

わたしは勇気をふるい起こして、つとめて明るくにっこり笑って見せ、

『ええ、でも、あなたが組合員に対するのとちがって、わたくしはこのひとをいのちよりも愛していますから』

って言ってやったの。

老社長はなんと言われたのかすぐには呑みこめなかったらしくて、眼をぱちくりさせ、

『なんじゃと⁉』

ってまたどなるから、わたしもつい、

『このひとをいのちより好きだって言ったのよ！』

って、どなりかえしちゃった。

主人は大いにあわてふためき、雷《かみなり》おやじがまたなにかわめき出さないうちに、わたしの手をぎゅうぎゅうひっぱって早々に離れからつれ出してしまいました。老社長は、あっけにとられたように口をぽかんとあけてこっちを見送っていたわよ。

だけれどね、エダ、わたし、この初会見の成果はそう捨てたものでもないと思うの。だって、いまだに、出ていけとは言われませんもの。

――それも、あれ以来すっかり懲りた主人が、わたしを金輪際離れへは近づけないようにしておいて、必死に父親をなだめ、くどいているせいなんでしょうね。このあいだなんか、石あたまじいちゃんは、主人をもう会社にはおいてやらん、生活費の援助なんかとんでもない、と言い出したそうなのよ。もちろん、わたしと手を切らそうためのおどし文句でしょうけれど。

わたし自身は、自分でもふしぎなくらい楽観しています。八島が会社をクビになったらなったときのこと、二人で力を合わせて働けばいいんですものね。

ただ、わたしたちの仲さえこころよくみとめてもらえたらねえ……わたしのために八島がこの家に出入りできなくなるようなことにでもなっては可哀想です。あのひと、あれで、お父さんのことをほんとはとても好いているのよ。そりゃなんていったって実の親子ですもの。でも、彼が父親に対する態度からすると、これは〝なめている〟というべきなのかしら？

さて、次にわたしが立ち向かうべき難関は、八島産業専務取締役夫人におさまっている八島の姉です。来月初旬の日曜日、彼女はご主人の飛驒《ひだ》専務とつれだって、わたしを検分しにやってくる予定なの。

ご多分にもれず、このお姉さんもまた、美しく、権高《けんだか》く、歯に衣着《きぬき》せぬという長所すらそなえた理想的な一人の上流夫人なのでしょうよ。だけれどねえ、エダ、こんなこと言っちゃわるいかしら、そういう奥さまがたのご主人たちって、どうしてあんなに《レノ》みたいなところが好きなんでしょう？……

ともあれ、わたしは彼女に気に入られるよう努力するつもりです。それが決してなまやさしい問題ではないことはよくわかっているけれど。

エダ——今、夜の九時だわ。《レノ》が活気づきはじめる時刻ね。

あなたは、もう、あの羽根の衣裳をつけ終って、楽団《バンド》のだれかさんと立ちばなしでもしながら、ショウのあくのを待っているのでしょう。楽屋は汗と白粉《おしろい》とラーメンの匂いでむんむんしていて、点々と紅いテーブル・ランプの浮かぶ客席の薄闇を縫って、ざわめきと最初のルンバのマラカスがかすかに聞こえてくるのでしょう……。

こんなこと書いたからって、安心して、エダ。わたし、もう一度バタフライをつけたいなんて決して考えてやしないんだから。そうしないでもいいことを心の底から感謝しているんだから。

――ただ、すこしさびしいだけよ。彼がまだ帰ってこないし、わたしたちの部屋の窓からはF市の灯が遠い宝石細工のように輝いているのが見えるんですもの。あれを見ているとね、《レノ》を思い出すのよ、《レノ》でのいろんな思い出を。

わたしのことは心配しないで。きっといい奥さんになります。ここへ来てから身体の具合がすこしおかしいんだけれど、毎日なにもしなさすぎる日がつづくせいなのね。まだまだこれからというところ。

季節の変わり目だから、あなたも身体に気をつけてね。《ピンクのベッド》の大当りがつづくように祈ってます。楽屋のみんなによろしく。

かしこ

五月×日

新居にて　八島漣子《なみこ》

エダへ

P・S
ほうら、合図の警笛が三回、彼のお帰りです。八島産業の若き重役といたしましては、とみにいそがしいらしいのよ。彼がまじめにやり出したってこと、あなたはわかってくれるでしょう?

のちに、この手紙は重要証拠物件として一審の法廷に呈出された。事の成行にふんがいしたエダ・月園が、ドーランのしみだらけになったこれを鏡台《けしょうまえ》の引出しからひっぱり出してきて、裁判長に喰ってかかったのである。
しかし、この長文の手紙のどの部分を裁判長が〝重要〟と見たか、それはエダにもあずかり知らぬところであった。

第二章　味方とわたし

そうだ、わたしはほんとうに捨鉢なことを言ったものだ。

どうしてわたしは夫にむかって、

『たとえ世の中の人ぜんぶに見捨てられても』

などという言葉を使ったのだろう？　わたしにはまだ、エダもいたというのに。

もちろん、わたしはいつどんなときでもエダをたよりにしてきたし、何事によらず彼女に相談してきたものだった。それなのに、わたしがあんな言葉を口走ったというのは、今度の事件にかぎって、エダにたよろうという考えを無意識のうちに自分の心から追い出していたからにちがいない。

今度ばかりは、いくらエダだってどうすることもできないはずなのだ。それに、彼女には仕事があり、わたしは彼女の世界には別れを告げてきた人間だ。エダはその持ちまえの、いささかあらっぽい、しかし小春日のようにあったかいムチを振りまわしてわたしをストリップの世界から追い立てたので、わたし自身も、エダをなつかしがったりしないことがとりもなおさず彼女を安心させることになるのだと納得していたのである。じっさい、嫁いでいった先よりも《レノ》の楽屋を恋しがるなんてことになったら、エダはわたしが山賊の巣窟へでも嫁にいったのではないかと考えるだろうから。

——それからまた、わたしがエダを忘れようとしていたいちばん大きな理由は、今度の事件にかぎって彼女には首を突っこんでもらいたくないと考えたことにあったのかもしれない。

これはなにも、わたしがエダにそれほど気をかねたという意味ではなく、わたしの自我《エゴ》のせいでもあったということができる。こんなことになったのをわたしは心から恥ずかしく、やり切れなく思っていた上に、自分の切りひらこうとした新しい人生がこうまであっさり崩れ去った事実をエダの目にさらさなくてはならないことに耐えがたい腹立たしささえ感じないではいられなかったからである。

だが、やがて、そんなことを言っていられるときではなくなってきた——。

わたしはワラをつかまなくてはならない立場に立たされており、気がついたときは、見わたすかぎりワラシベ一本見つからぬことをさとりかけたまま、ずぶずぶと溺れそうになっているのだった。なんべんとなくわたしは、もう無駄なあがきはやめにして、このままずぶりと手をおろしてしまったらどんなにか楽になるであろうと考えてみたりもした。

しかし、そう考えるたびに、わたしには夫の顔が見えるのだった。鉄格子の向こうから喰い入るようにわたしをみつめていた、別れぎわのあの顔が――哀訴と祈りとに奇妙にゆがんで見えたあの顔が。

だから、わたしは溺れるわけにはいかなかった。わたしは溺れてはならないのだった。

こんな場合には、力になってやろうというほんのひとかけらの気持さえあればどんな人間だってわたしのワラになることはできる――たとえその人間が、五十八キロの餅肌を目のさめるようなさくらんぼ色のナイロン・サテンのドレスにむりやりぴっちりつめこんだ、大年増のストリッパーであろうとも。

服とおなじ色のつばの広い帽子、手袋とハイ・ヒール、これはまた、本物のさくらんぼをもいできてつなげたのではないかしらんと思うようなネックレースで完全武装したエダ・月園が、何日ぶりかでわたしの前に姿をあらわしたとき、わたしは一瞬、かるいめまいを感じた。なにか、こう、目の前に、お祭りの山車《だし》か、それとも小型の山火事が、いきなりあらわれたみたいな気がしたからである。

飢えた仔犬が肋骨《あばら》をみつめるようにわたしは彼女をみつめ、服をみつめ、帽子をみつめ、それからまた、その下の顔へと視線を戻した。

正直な話、わたしはそのとき、エダがわたしのところへやってきた真の目的がまだ一向にはっきりとはわからなかったのだ。

彼女が単にわたしをなぐさめ、勇気づけにやってきたというのであったら、それはとてもありがたいことではあったが、わたしはぐずぐず時間をつぶしてしまうわけにはいかなかった。わたしにはしなくてはならないことがありすぎた。

——エダにはわたしの表情が読みとれたらしい。

彼女はカンはいいほうなのだ。余計なことはいっさい言わず、エダはずばりと核心にとびこんできた。

「ほら、つれてきてやったよ！」

と、彼女は言った。

「この人なのさ、あたしがいつか話してたのは」

そして、エダは片ひじをひょいと持ちあげて、同伴者《つれ》の脇腹をかるく小突いて見せた——。

たしかに、わたしは、エダの装《よそお》いや相も変わらぬ物腰に〝眩惑されて〟いたのにちがいない。エダにそう言われるまで、わたしは彼女一人にばかり注意をうばわれていたのだった。

でも、すぐにわたしは、それも無理のないことだと自分に言って聞かせていた。

エダがひじで突ついた同伴者《つれ》というのは、こうしてながめてみたところでは、桃色オウムのかげのカケスほどにも注意をひく存在ではなかったから。

わたしは、しぶしぶ、視線をエダからそのとなりへと移したのだった。

わたしはほんのすこし恐縮し、ほんのすこし笑いを噛みころし、そして、どっさりと失望した。わたしは感情を顔に出さないように気をつけなくてはならなかった。

エダは、今度は、わたしの表情が読みとれなかったと見える。

それとも、わたしが失礼な態度をとらないうちに先手を打つつもりだったのだろうか。彼女はわたしのほうに向きなおって片眼をぎゅっとつぶって見せ、またもやそこら一面にひびきわたるかすれ声でつけ加えた。

「さんざっぱらくどいてね、ようやっとひっぱり出してきたんだよ！　とにかく、この人に相談してごらんよ。この人、身なりはパッとしないし、男前もそんなにいいとはいえないけれど、でも、弁護士だってことにはまちがいないらしいんだよ。なにがなんてったって、物事をここまでこんがらかせちまった、あんたの旦那のところの三百代言どもよりは、力になってくれることはたしかだからね。だまされたと思って話をしてごらんよ、ミミイ。すこしは知恵を貸してくれるかもしれないよ」

――これで思い出した。以前にもおなじようなことはあった。

わたしがおなかをこわして、なにも食べられずに楽屋で蒼い顔をしていると、エダはなにかえたいの知れない、まっくろけな薬を持ってきて、わたしに呑めと言った。

『いいんだよ、漢方薬ってのは。みてくれはよくないけれど、冷えっ腹にはとてもよく効くんだ。目をつぶって一口に、さあ、ぐっとおあがり』

あるいは――。

『あんた、このおじさんを信用しないの？　この易者の卦はすごくよくあたるよ。出までまだ二十分もあるじゃないか。ちょっと、ちょっとだけ見ておもらいよ、こわいくらいよくあたるんだったら』

また、あるいは――。

『ねえ、これ、こんどできた新案のバタフライなんだって。ここんところをひねると、ほら、豆電気がつくのよ。ちょっといいじゃない？……』

このようにしてエダは、次から次へといろんな目新しいもの、重宝なものをわたしたちに紹介してくれたものだった。彼女がわたしたち踊り子仲間に紹介してくれたかずかずの珍物の中には、なかなか役に立ってよろこばれたものもあったが、また一向によろこばれないものもあった。しかし、多くの場合、それらは無害だったし、踊り子たちは暑くるしい楽屋で退屈しきっていたので、エダ・月園の持ちこんでくるものは、たとえそれが舌のまがるほどにがい
げんのしょうこ
や耳の遠い大道易者や感電死の原因になりそうな舞台衣裳であっても、わたしたちはたいていい歓迎したのである。

――だからといって、今度は話がべつだった。

初対面の弁護士を、わたしはもう一度ながめなおした。なんだかひどく心ぼそく、うら悲しい気持だった。

わたしの力になってくれるとエダが保証するその人物は、やっぱりなんだかとてもうら悲しそうな感じでそこに立っていた。

だが、もうすこし気をつけて見ると、うら悲しいのは彼の身体をつつんでいるものだけであって、中身とはたいして関係のないらしいことがわたしにもすこしずつわかりかけてきた。彼はまるで、女の子とブラインド・デートをしにきたのらくら男みたいに見えた。のんびりしていて、冷淡で、わたしが彼のことをどう考えようがちっともかまわないといった態度をしていた。髪の毛はぼさぼさで、シャツの衿にはうっすらと垢がついていた。年齢《とし》は三十五歳ぐらいにも見えたし、四十五歳のようでもあったし、そのどちらでもないようにも見えた。わたしが自分の立場も忘れてちょっとのあいだ笑いをこらえるのに苦労したというのは、彼の上衣の胸ポケットからピンクの絹の女物ハンカチがぴょいととび出していたからである。

わたしがみつめていると、彼はそのハンカチを引き抜いて顔を拭き、次いでそれをじっとながめてから、

「こりゃおれのじゃない」

と言ったかと思うと無造作にエダの手に載せた。

エダはハンカチに鼻を寄せて嗅ぎ、

「くさいわ」

と言った。

「これ、先生にあげるわよ。あたしがこんなの使ったら、《タブー》のかわりに焼酎をつけてんの？　ってみんなに訊かれちまう」

「ゆうべ、きみと話したとき、そいつで台の上を拭いたからだ。それきり、返すのを忘れた」

弁護士はハンカチをポケットにしまった。

「焼酎ってのは、本来、おれの呑むべき酒ではないんだ。だが、それでもおれは呑む」

「あんたの灼けただれた胃袋が酒だとうなずくような飲み物は、もうこの地球上には生《き》のガソリンぐらいしかのこっていないわよ。だいたい、あたしは先生のそばで煙草に火をつけるとき、なんとなくどきどきしてたまらないんだ——あら、あたしたち、なんの話をしにここへやってきたんだったかしらね——そうそう、先生がこの事件の解決に手を貸してくれたら、一晩、大盤ぶるまいをする約束でここまでひっぱってきたんだったっけね」

ここでエダはもう一度、わたしのほうに向きなおった。

「ね、ミミイ、ずっと以前《まえ》、あんたにも話さなかった？《レノ》の裏っ側《かわ》の屋台で、降ってても照ってもくだを巻いている先生……あんたがお嫁にいっちまったあと、あたしとは急速に意気投合するようになったのよ。といっても、あたしはついこのあいだまで、貧乏文士か売れない詩人のたまごだとばかり思っていたのさ。だって酔いがまわると、なんとかいうフランスの小唄を大声でわめくんだもの」

「ありゃ小唄じゃないぞ」

と弁護士は言った。

「サンボリズムだ。自然を静観するアレゴリイだ。きみはボオドレエルを知らんな――」

弁護士はふいに恥ずかしそうな顔になった。彼は口をつぐむと、今しがたちらりと見せた中学生みたいな表情をどこかへ追いやってしまった。

「あれがサンバのリズムなもんかね」

とエダは言った。

「サンバってのはあれでなかなかむずかしいものなんだよ――ね、ちょいと、ミミイ、どうしたってこの人、腕のある弁護士のようには見えないやね。それが、まわりの人に聞くと、なかなかどうして、ばかにできない仕事をしているらしいんだって。ただ、この人は、その仕事のあとでもらうべきお金のほうまで頭がまわらなかったらしいのよ」

「よせやい」

また、弁護士が抗議した。

「おれだってしょっちゅう金のことばかり考えているよ。しかし、どういうわけか、おれが弁護を引きうける気になる相手というときまって文なしなんだ」

「エダ、そのことだけれど、わたし……」

するとエダははげしく首を横にふって見せた。

「だいじょうぶ、心配することはないんだよ。そんなことは問題が解決してからの話さ。それよりとにかく、この人が専門家とわかったからには、ワラをもつかむと思って……」

わたしは弁護士をながめた。

この風来坊じみた男の話をエダが以前にわたしにも聞かせたことがあるというのはほんとうだろうか？　わたしにはおぼえがなかった。そんなことは、八島家に嫁いでいったわたしにはなんの関係もないはずだった。あそこへ行ったあとでこんなふうにして弁護士をさがすことになるなどとはわたしは夢にも思わなかった……。それに、エダの言葉ではないけれども、この男はまったく、弁護士という職業とは縁の遠い人物であるとしか見えない。わたしのごくとぼしい、ありきたりの知識の中にある弁護士とは――とくに、腕のいい弁護士とは――渋い、おちついた趣味の服装、ものやわらかな、それでいながらどこかに抜け目のなさを感じさせる物腰、小脇にかかえた書類ケース、みがきあげたオクスフォードの靴、かすかなせんさく好きの傾向を底にひそめた、軽快であたりさわりのない会話のはこび……などから成り立っている、ある紳士的な人物のイメージであった。ちょうど、八島の父の気に入りだった、あの由木《ゆぎ》氏のように。

「事件のいきさつは一通り頭に入れてありますが――」

はじめて、エダの同伴者がその職業にふさわしげなことをしゃべり出した。わたしは由木氏のことは心からはらいのけ、目の前にいる人物に注意を集中しようと努力した。由木氏がどんなに〝腕のいい〟弁護士であろうが、わたしにはもう用がなくなったのだから。

「なんだってまた、こんなでたらめなことになっちまったのかな。一審の時の弁護士は何をしていたんですかね。聞けばその男はあなたのご主人の家のおかかえの人間だということだが」

「だからあたしが教えてあげたじゃないか」

エダがわたしのかわりに説明してくれた。

「そいつもぐるになってたんだってば。そいつはね、この娘《こ》のいうことを役に立てるどころか、それとまるきり逆のことをやって犯人に協力していたんだよ。ご主人の家のおかかえ弁護士が笑わせるじゃないか、え？　これじゃ助かる人間も助けられるわけがないよ。飼犬に手を噛まれるってのはこのことだね、先生」

エダはネックレースの玉をかちかち鳴らして、のけぞるように笑いかけたが、彼女のとなりにいる男は笑わなかった。

ぼさぼさの髪の毛と垢のついたカラーのあいだの顔が、考えぶかそうに心もちかたむいているのをわたしは見た。彼の眼が、だまってわたしを見おろしていた。

ふいに、わたしは、エダの言ったことは実はほんとうのことなのかもしれないと思いはじめた……。

『なにがなんてったって、あんたの旦那のところの三百代言どもよりは、力になってくれることはたしかなんだからね。だまされたと思って――』

そうだろうか？　ほんとうにそうなのだろうか？

「弁護士までが犯人に買収されていたとすると――」

エダのつれてきた男は、ぼそぼそとつぶやいた。

「こりゃよっぽどべつな作戦《て》を考えなければなるまいて」

「というと、どういうことなのさ？」

「尋常一様のことでは、真犯人のはりめぐらした金城鉄壁をぶちこわすことはできん、ということだ。こっちが動く前に、犯人のほうが先へ先へと立ちまわって、使える証拠ももみ消されてしまうことになる。なにか、犯人の考えのおよばんところ、犯人の手のとどかんところをねらって、よもやというような反証でも送りこまないことには、こりゃへたをすると二審もあぶない」

「だからこうしてあんたにたのんでいるんじゃないか、しっかりおしよ、先生」

「まあ、おちつきたまえ。そのうちにいい考えが浮かんでくる」

「おちつけ？　おちつけって言うの？　あんた、この娘《こ》の身にもなって考えてやらないの？　惚れて惚れて惚れぬいた亭主が――」

「わかっとるよ」

「あのね、エダ……」

例によって、やっとのことでわたしはエダとその相手の会話をさえぎることができた。

「わたしね、この先生に、なにもかもお願いしてみることにきめたわ――。それで、不便だから訊くけれど、このかた、お名前、なんておっしゃるの？」

エダはわたしをみつめ、十秒間だまりこんでから、顔をとなりへ向けた。

「先生、あんた、名前、なんていうの？」

身なりも男前もパッとしない、年齢《とし》のころも一向に判然としない、エダの同伴者《つれ》は答えてくれた。

「清家洋太郎《せいけようたろう》――清は、清酒の清です」

第三章　よ　そ　者

嫁いできて一ヵ月あまりというもの、八島家の新夫人はまことに居心地のわるい日々をすごすはめになった。

　杉彦が会社へ出かけてしまうと、家の中は彼女にとって荒涼とした廃屋か牢獄にひとしくなる。八島家の建物自体が、戦争前に建てられた、壮麗な、しかし、年月の指先が忍びやかに這いまわった跡をかくしようもない陰気な家屋だった。家の内外のそこここに、豪奢と頽廃と、気品と古色と、倨傲と孤立の翳が、背中合わせにたたずんでいた。

　彼女は、自分が一人住んでいたせせこましい下宿の一間、エダやその他のお客があるたびにとり散らされてスズメの巣のようになり、あたたかくて、くつろげて、居心地のよかったあの部屋のことをどれほど恋しく思っただろう。

　自分までが日一日とこの邸の無気力な古めかしさの中にはまりこんでいくようないら

だたしさを感じながら、天気さえよければ、彼女はテラスのサンダルをつっかけてあてもなく庭を歩きまわった。それだけがこの邸で彼女に自由にできる唯一のことだったから。

朽ちかけたテラスの甃《いしだたみ》の割れ目に顔をのぞかせている雑草や、前庭の車道に影を落としている栗の木のそよぎなどが彼女は好きだった。その木の下をめぐって門のほうへとひろがっている芝生が好きだった。こんな美しい芝生を彼女は一度も見たことがなかった。つかのま手入れをおこたると、初夏の太陽と撒水器の下で芝草はぐんぐんのび、風に吹きなびいてコリー犬の柔毛《にこげ》のように打ち伏した。芝草のあいだにまぎれこんでくるクローヴァも同様だった。

――彼女は離れのほうを見やった。彼女が立っているところは、庭を縫って離れの玄関へと通じるひとすじの小径の途中であり、これ以上離れへは近づくまいと彼女がきめた地点だった。小径をここまで来たらまわれ右をして裏庭へと向かう。裏庭をゆっくりとぶらついて、家の南側にあるテラスへと帰る――これがちょうどいい散歩のコースになるのだった。

離れでの〝初会見の席上〟でやらかした、とんでもない失敗のことを彼女は考えてみた。夫の父親が自分を品定めしようといういちばん大切なときに、彼女はショウ・ガールが出の伴奏をまちがえたピアノ弾きにむかってするようなことをしてしまったのだ。

なにか大事なこと、気をつけてふるまわなくてはならないことになると、彼女はきまって失敗する。いつでも彼女はそれでトチってきたのだ。あの失敗をつぐなうのは容易なことではないであろう。あのときの印象を白紙に戻し、この女は息子の嫁としてそんなにわるい女じゃないと舅《ちち》に思いなおさせるのは大変な仕事であろう……。

ため息をついて、彼女は小径を引きかえしかけたが、ふと足をとめた。離れの方角に物音を聞いたように思ったのである。

空耳《そらみみ》ではなかった。足音が小径を近づいてきた。一筋の乱れもなく梳《と》かしつけられた白髪頭が植込みのかげからあらわれた。女中のうちで最年長の志瀬《しせ》である。永の年月、この老女はこの家の事実上の主婦のごとく君臨し、あとの二人の女中と運転手とをあごで使っていた。

「お離れになにかご用でも？」

女主人の姿を見ると、志瀬は丁重に尋ねた。

「ご用がございましたなら、いつでもおいいつけくださいまし。わたくしがご案内いたしますですから」

「あら、いいえ、あの……いいんですの。べつに用はないんですわ。それに、第一――」

志瀬はこのあいだの離れでのできごとを知っているのだろうか？　退屈な療養生活の

あいまに、老人はいろいろな世間話を聞きたがったり聞かせたがったりするにきまっている。さしあたって、このあいだの一件などは、主従のあいだで恰好の話題となったにちがいない……。

「第一？」

志瀬は心もち首をかしげた。単純な好奇心だけがその質問をさせたのではなかった。老女中の態度には、この邸に関するかぎりあいまいな点はひとつも許さないのだぞと言っているようなところがあった。

彼女が答えずにいると、志瀬の表情にはもうひとつなにかが加わった。

「お離れにおいでになりたければ、いつでもおいでになれるのでございましょう？……どうして奥さまはお離れにおはいりにならないのでございます？　どうしていつもこのあたりまでしかおいでにならないのでございます？」

志瀬の手の中でキラリと光るものがある。女主人がそれに目をとめたのを知って、老女はそれをゆるゆるとつまぐって見せた。

「これはお離れの玄関の鍵でございますよ。ご邸内とは申せ、大旦那さまをたったお一人お離れにおのこし申すのですから、お離れの戸じまりにはふだんから充分気をつけているのでございます。どんな悪者が塀を乗り越えて、大旦那さまを狙わないともかぎりませんのですからね」

「でも——お舅《とう》さまのようなりっぱなかたなら、だれからも狙われたりはなさらないでしょう?」

ようやく彼女は話の接穂《つぎほ》を見出した。自分の声がひどくぎこちないのを彼女は感じた。

「おっしゃる通りでございます」

志瀬は彼女を見あげた。

「大旦那さまに対してよからぬ心をいだくような人間がいたら、わたくしは容赦いたしませんですね、たとえ、お身内でも」

たとえ、お身内でも……。この女中はなんのことを言っているのだろうと彼女は思った。この女中は、杉彦が連日のように父親と口論したり父の悪口を並べたてたりしていることを指しているのだろうか? あるいは——。

彼女は志瀬のほうをまともに見ないようにした。なにげなく視線をそらせて、小径に枝をさしのべている紫陽花《あじさい》の一輪をなんということもなしに指先でいじった。

「奥さまはお離れへおいであそばす途中ではなかったのでございますか?」

どうしてこの老女中はおなじようなことを何度も尋ねるのだ? 彼女が一人で離れへなど行くわけがないということをこの女はわからないのか? それとも、わかっていながらわざと尋ねているのだろうか?

「いいえ、ちがうのよ。わたしはお離れへなど行きはしませんわ」

「さようでございますか。お離れへはいりますには鍵が要るのでございます。お呼びになりましてもわたくしがおりませんときには、どうぞ鍵をお持ちくださいまし、お離れの鍵のしまい場所は、奥さまもうご存知でいらっしゃいましょう？」

「――」

杉彦はそんなことを教えてくれただろうか？

いいや、夫は離れの鍵のしまい場所どころか掃除道具入れのありかも教えてはくれなかった。杉彦は新妻にそんなことをこまごまと説明して聞かせるタイプではなかった。

「お離れの鍵のしまい場所は、ごく内輪の者だけしか知らないことなのでございます」

志瀬は自分からあとをつづけた。

「と申すことは、さかさに申せば、それを知らないようなおかたはこの家の内輪のかたとは言えない、というわけなのでございまして。お離れに自由にお出入りできるということは、このお家を知っているかたがたにとっては、これはもう大変なことなのでございますよ……あなたさまには、そんなことはおかかわりがないかは存じませんが」

「そうでしょうね――ほんとにそうなのでしょうね」

「これからどちらへかお出ましで？　奥さま」

「いいえ、そんなわけじゃなく……」

「ただのお散歩でいらっしゃいますか？」

「そうなのよ、すぐに戻りますわ」

「どうぞお気をつけて行っておいでなさいまし、奥さま」

老女中の視線が自分の背中に灼きつくのを彼女は感じた。早く、平気な顔をして、どんどん歩くのだ。小径からそれて、裏庭の涼しい灌木林の中へはいろう。あそこは、邸の中のどこよりもひっそりとして、自然のまんまで、茂るにまかせた茨《いばら》やいらくさが、まるで《感傷的な対話》に出てくる廃園を想わせる。あれで燕麦《からすむぎ》が枯れてさやさやと風に鳴っていたら申しぶんないのだが。

志瀬の言ったことはべつにたいした意味はないのだと考えようとした。あれは老女中らしい、大仰なものの言いかたのせいなのだ、と。

(だが——志瀬は、わたしが離れの鍵のしまい場所なんか決して夫から教えられていないことを見抜いていたのだ。わたしが一人で離れへ行ったりできないことを、あの女はちゃんと知っているのだ)

あんな老婆にわたしたちの結びつきのことがわかるもんか、と彼女は考えた。この世の中のだれにだってわかってたまるものか、なぜ彼女が彼を愛するようになったのかが。

三月——いや、あれはもう四月にはいっていた。四月にしては寒すぎた雨の夜。《レノ》の楽屋のはげちょろけた彼女の鏡の前に載っていた一束の薔薇と一枚の名刺から運命ははじまったのだった。名刺に記されていた走り書きを読みながら彼女がぐずぐずしていると、エダが彼女の背中をどすんとたたいて大きな声で言った。

『いいじゃないの、どんな幸運が待っているかもしれない。はだかで踊っているからって夢までぬいじまうことはないわ。行ってごらんよ、変な真似をされたら頰っぺたをひとつぶったたいて帰ってくればいいのよ』

――新婚一カ月目の女がもっとも熱心におこなう仕事は、この一、二カ月のできごとをくりかえし回想するという、楽しくも非生産的な仕事である。散歩のあいだじゅう、彼女は退屈するということがなかった。老女中のおせっかいなどは、空想の広野で一匹のカマキリがとび出してきたくらいのものだった。杉彦とどのようにして出会ったか、どんなふうにして最初の会話や接吻をかわしたか、正確に克明に思い浮かべて楽しむためには、散歩の時間はながければながいほどよかった。小径は静かなら静かなほど、彼女は孤《ひと》りなら孤りなほどよかった。

○

『ミミイ・ローイ！』

と、その声は突然呼んだ。

あまり突然だったので、思いに沈みながら楽屋口を出たところだった彼女はびっくりしてとびあがり、もうすこしでハンドバッグをぬかるみへ落とすところだった。もう片方の手になんとなく持っていた薔薇の一輪はほんとうに落っことしてしまった。

　彼女は花を拾いあげ、男をながめた。

『ごめん、ごめん』

　と彼は言った。

『でも、正体がわかったら、そんな顔をしてぼくを見るのはやめてくれよ。それとも、ぼくの顔になにかついてる？』

『――あなたが花をくれたかた？』

　彼女の声はひどくおずおずしていた。

『でも、あなたの名刺には《城《シャトオ》》の奥のブースで……』

『うん、待っていると書いたんだけれどね、待ちきれなくなってぶらぶら出てきちまったのさ。やア、またやけに降ってきやがったな、早くぼくの車に乗ろう。ところで、きみはなにが好き？』

　彼らはそれから、おちついた、くつろげる感じの、品のいいバーへ行き、次に、おちついた、くつろげる感じの、あまり品のよくないバーへ行った。彼は彼女のことを賞め、彼女が《レノ》なんかで踊っているのは勿体ないと言った。彼女は、あら、お世辞がお上手ねと言い、彼はお世辞じゃないと言い張った。しまいには二人ともそんなことはどうでもよくなり、山の手のとあるサパー・クラブで静かなコンボを聴きながらブランデーを飲んだ。彼が踊ろうと言わないのを彼女はなかばありがたく思い、なかばさびしいとも思った。彼女の足はテーブルの下で、一日働いたあとの疲れも忘れてちいさく躍っていた……。

彼はまた、彼女に、どうしてこんな仕事をはじめたのかと尋ねた。〝こんな仕事〟と言ったときの彼の口調にべつだん他意のなかったことを、彼女はむしろ意外に思った。

『好きだったのよ、踊るのが──』

両親がつづけさまにばたばたと死んだあと、売れるものがとうとう自分の身体だけになってしまったこと、はじめて人前でスカートをはずしたときは気が遠くなるかと思ったこと、などは彼女は言わずにおくことにした。

なんといったところで、今夜会ったばかりの相手なのだ。この一杯のブランデーが空《から》になればさよならと別れるだけの、行きずりの、気まぐれの男なのだ。《レノ》のテーブルで舞台のほうをじろじろ見ている、あのお定まりの連中の一人というだけにすぎないのだ。

『ほんとはね、宝塚か松竹歌劇に入りたかったの。それでなければ、ミュージカル。本場のね。これは夢よ。本場の、ちょっと古風なヴォードヴィルがかったやつ──シルク・ハットをかぶって、黒いタイツにステッキを持って、《ベイビイ、歩いて帰ろうよ》を唄えるようなやつ』

『ジュディ・ガーランドのように？』

『そう、ジンジャー・ロジャースのように』

『あんなばばあ』

彼はあくたいをついた。

『ミミイ・ローイのほうがずっとすばらしいにちがいないよ』

——彼らは午前三時半に彼女の下宿のすこし手前で別れたが、そのとき、彼の口のはたにはさんご色のしみがつき、彼女の髪はいささかくしゃくしゃになって、衿にとめられた薔薇は世にもあわれな状態になりはてていた。

彼女はつぶれた花をベッドのわきの水飲みグラスに挿し、服をぬいで足をのばし、彼とすごした、楽しかった、無意味な時間のことを考えた。

(自分の車を乗りまわして、身なりもきちんとしてて、お金のかかるところばかり知っているわ……エダに話したらなんと言うだろう？　いいのがいたじゃないかと言うだろう。

『あんた、うまくおやりよ。そのうち、花束なんかじゃなくて、ドレスの一枚ぐらい買ってもらえるかもしれないよ。あたしだったら、ドレスなんかよりも——』

エダならなにを欲しがるだろう？　あのひとはどうしてエダを誘わなかったのかしら？　エダのほうがわたしよりもずっと踊りがうまくて、お色気もあるというのに)

結局のところ、彼は、あちらこちらの踊り子や女給をからかって夢を見させてはまた、水すましのようにすばやくどこかへ消えてしまう、例の陽気で愚劣な人種の一人なのだと得心して、彼女はようやくねむりについたのだった。そういう人種は彼女の生きているような世界にはつきものなのだし、彼らの陽気さや愚劣さがその世界の繁栄にけっこう役に立っているのでだれも彼らをとがめる人はいないのである。彼が、また明日の晩、《レノ》へ行くよと言ったのを、彼女はバビロン人が地動説を信じるほどにも信じはしなかった。


『ミミイ・ローイ！』

とその声は呼んだ。

彼女は楽屋口を出たばかりのところで立ちどまり、目の前に男を見た。

彼は昨夜とはちがう服を着て、ネクタイもネクタイピンもとりかえ、屈託のなさそうな態度で笑いかけてきた。

『そんな、化け物でも見るような顔をして、またぼくを見る。ゆうべの約束、忘れちまったの？』

『あら、忘れたわけじゃないけれど……』

『それじゃ早く車に乗りなよ。今夜はもっとおもしろいところへ行こう』

彼がとりかえてきたものは服やネクタイだけではないことを知って、彼女はあっけにとられた。

『車? うん、こいつはおやじのだよ。ゆうべ、きみと別れてから、なんだってあのまま帰しちまったんだろうと考えたら腹が立ってきて、横浜までぶっとばして飲みなおしたんだ。家まで帰る途中でフェンダーの横をちょっとかすっちまった。それで、おやじのが空《あ》いてたから拝借してきたのさ……。ねえ、ミミイ・ローイ、きみは今夜もぼくにこいつをひとりぼっちですっとばさせるのかい?』

『あら、わたし、だって、まだそんなふうには――』

『ミミイ・ローイ、きみはほんとうにすばらしいよ。きみみたいな女の子が《レノ》にいたなんて、ぼくにはとても信じられないくらいだよ』

『あら、わたし、ちっともそんな――』

『きみはなんでもいちばんはじめには、あら、をつけるの?』

『あら』

『お願いだからなんかべつのことを言ってくれよ。それから、きみはぼくのことをどう思ってる?』

『どうって――』

『わかってるさ、ぼくのことを、もの好きな、からかい半分の、きざな狼野郎、と思っているんだろう？……いいんだよ、そんなにあわてて表情を変えなくても。このあいだまでのぼくは、まさにその通りの人間だったんだからね。きみがぼくをどう考えたからって、ぼくはちっともかまわないんだよ。問題は、きみがこれからのぼくをどう考えてくれるかってことなんだ。ぼくはきみの相手としては評判がわるすぎるかもしれない。ぼくのことを知ってるやつをだれでもいいからつかまえて訊いてみたまえ、みんなが口をそろえて答えるから。八島の息子？　ああ、あいつは遊ぶにはもってこいだよ、でもねえ……って。だけど、ぼくはそんなことはちっともかまやしないんだ。ぼくが気にするのはきみの返事だけなんだから』

『返事って、なんの？』

『きみはあんまり頭はよかないね』

『失礼なことを――あ、あぶない！　もうすこしであの人をひっかけるところだったじゃないの』

『もたもた歩きやがって、馬鹿野郎！　女の子に求婚したり、歩行者に注意したり、一度にできるかい』

『あなた――わたしに求婚してるの？』

『ぼくが今までなんのためにしゃべりまくっていたと思ってるんだね？　蛍光灯お嬢さん』

『――――』

『でも、ぼくはそういうきみが好きなんだ。きみがああして羽根飾りやフリッテルをきらきらさせながらはだかで踊っているくせに、一歩舞台をおりてしまうと、ぼんやりした、ただの女の子になってしまうところがね。流し目や腰ふり《グラインド》であんなに男の心をかきまわすことを知っているくせに、外に出ればまるでなにかをこわがってでもいるように見えるところがね。きみはまるで、内緒ばなしをかくしている、人見知りやのちいさな女の子みたいに見えるよ。きみは、ほんとうは、寂しがりやで、ひとりぼっちで、いつでも仲間はずれなんだろう？　このぼくがほんとうはそうであるように。ミミイ・ローイ、ぼくはきみがほんとうに好きになってしまったんだよ……』

『ミミイ・ローイ！　ここだよ』

『――ああ、ずいぶん待って？　わたし、大急ぎでお化粧落としてきたのよ。コールド・クリーム拭きのこしてない？　心配だわ。それから、あなた、また忘れたのね。もうその名前では呼ばないって約束したでしょ？』

『そうだったっけ――でもぼくはこの名が好きなんだ』

『わたしはきらいよ』

『わかった、夫婦げんかの下稽古はよそう。それよりぼくは腹がへった。午前零時のストリッパーみたいに腹ぺこだ』

『早く行きましょう、その前にひとつキスして』

『うう……これ、このあいだ買った香水？』

『その前の前のよ。あんなにもらったって使いきれやしないわ。エダにも分けてあげたのよ。あなた、怒りゃしないでしょう？』

『エダ・月園はすばらしいダンサーだけれど、きみほどじゃないね。彼女のダンスは男をひきつけるよりも男をおびえさせるよ。彼女に、ぼくたちが結婚すること話した？』

『ええ』

『彼女、びっくりしてたろ？』

『ええ』

『よろこんでくれたろ？』

『――――』

『くれなかったのかい？』

『いいわよ、そんな話。早くギアを入れなさいよ。わたしもおなかがぺこぺこよ』

去年の落葉がしめった匂いを放っているあたりをサンダルの爪先で突っつきながら、なんということもなしに彼女はくすっと忍び笑いをした。

あんなかたちで二人の人間が知り合い、愛し合い、結婚するようになっていったのはおかしなことだった。なにがどうなるのか、自分はほんとうはどうすべきだったのか、彼女にはなにひとつわかりはしなかった。彼女にわかっていたことは、自分が決して彼の求愛をさいごまで拒みつづけることはできなかったであろうということだけだった。身分ちがい？　そんなものは彼はふふんと鼻で笑った。いったい、きみは、今、何世紀だと思っているの——。

もう一度、彼女は忍び笑いをした。

夫婦になる前の彼のちょっとした仕草や、どこかにぎこちなさをのこしていた言葉づかいなどが思いかえされた。親しくなるにつれて彼は次第に野放図になり、たちまちのうちに本来の暴君ぶりを発揮しはじめたけれども、こうなってしまえばもはやそれは、ライオンが調教師にじゃれるようなものではあった。いや、それとも、調教師は彼のほうであって、おずおずした、人ぎらいの野性の猫は彼女だったのだろうか——？

灌木のかげの下生えには草いきれがたちこめて、羊歯《しだ》やいらくさの茂みの奥にはおどけたかたちのちっぽけなキノコがいくつも頭をもたげていた。どくだみは紫色の指をその辺いっぱいにのばしていた。そして、そのはずれに、水のかれた古い井戸があるのを彼女は知っていた。

井戸そのものはもう何年も前に使いものにならなくなっていたが、そのあたりはいつも苔でしめり、周囲をかこむ木々の枝も影濃く、ひんやりした空気がただよっているのである。

そこまで歩いていって、彼女は井戸のふちに腰をおろした。そして、この家へ来てからもう何回となくしたように、井戸の底をながめおろした。底は暗くて、白骨が沈んでいようと一向にわからないだけの深さがあった。

幼いとき、杉彦は、このあたりでは遊ばないように言いわたされていたにちがいない。そんなことを言いわたされればされるほど、やんちゃな一人息子は面白がって井戸の中をのぞきこんだかもしれない。そのたびごとにお守りの女中が金切り声をあげて彼のあとを追いかけまわしたにちがいない……そういえば、女中たちの杉彦に対する態度には、今でもなんとなく二十年昔を想像させるようなところがある。

『井戸のほうへいらしてはいけませんよ、坊っちゃん。井戸はあぶないんですよ』

と、言うような。

ただ、二十年前とちがって、女中たちは今はそんなことを叫んだりはせず、そのかわり彼女のほうをちらと見やり、ふたたびもの言いたげな目つきを杉彦のほうへと向けてからだまって立ち去っていくだけなのである。

——かすかに身をふるわせて彼女はあたりを見まわし、井戸ばたにひときわ近々と枝をさしのべている一本のまるめろの梢をながめた。

見まいとしても、彼女の眼はどうしてもそこへ行く。

まるめろの幹の、ちょうど人間の肩のあたりにナイフで彫りつけられた古いへたくそな図柄を彼女が見つけたのは、この裏庭を散策するようになってからほんのしばらくのちのことであった。

ハート型の中に、ＳとＭ。ＳとＭはたがいにからみ合っていた。

だれが、いつ、なんのために彫ったのか、彼女にはわからなかった。夫に尋ねてみようという気持もべつに起こらなかった。

こんなものにはこれといってたいした意味はないのだろう。彼女の目にとまってはならないものならばだれかがとっくに削り落としただろうし、ここにこうしてそのままにされているからには、消そうということさえ忘れてしまうほどの意味しか持たないものなのだろう。

ＳとＭ。ハートの中にＳとＭ――。

Ｓは杉彦の頭文字なのだろうか、と彼女は考えた。Ｍという頭文字を持つだれかが、一度はハート型の中にそれをきざみつける資格を持っていたのだ、Ｓといっしょに――抱擁する恋人たちのようにその細ながい腕をしっかりとからませて。

まるめろの枝の下に立ってナイフで幹を突つきまわしている杉彦の姿を彼女は想像してみた。そのかたわらに立っている一人の女の姿を想像してみた。それは、彼女の知らない女だった。想像の中の女の姿に、彼女は、しあわせそうな微笑と、狎《な》れきった、親しげな物腰とをつけ加えた。女の肩は杉彦の肩にふれていた。杉彦が一彫りするごとに彼らは声をたてて笑い、彫り終えるとすばやいかるやかな接吻をかわした。木もれ陽《こびない》が彼らの身体のそこここに光の波紋をそそいでいた……。

「奥さん」

彼女は急いで空想をやめた。ほんのすこし息切れがしていた。井戸のふちに腰をおろしたまま、彼女はふりかえった。

彼女がたどってきたのとは反対側の小径づたいに、こちらへと近づいてくる男の姿がある。長身で、鷹のような顔をしていて、手だけが異様に白く大きい。明らかに本物の英国製のツイードの替り上衣はこの季節とこの日ざしにはいささか暑くるしすぎるようだが、彼はなんとも感じないらしい。彼女が自分の姿に気づいたのを知ると、男はさぐるような、あいまいな表情を浮かべ、両手をズボンのポケットに突っこんだまま立ちどまった。

「竹河《たけがわ》先生」

と、彼女は言った。

「どうしてこんなところまで出ておいでになりましたの？」

彼は、永年のあいだこの邸に出入りしている主治医で、落魄した秀才児のおもむきをそなえた、独身の中年男である。消毒薬にさらされて白い骨のようになったながい十本の指と、冷酷そうなうすい唇。その唇が、患者の目から見るときは、信頼のおけそうな冷淡さの象徴に変わるのだろうかと彼女は思ったことがある。

竹河誼《よしみ》医師は、育ちのよさを偲《しの》ばせるさりげない敬意と、職業がらいたしかたのなくなった無遠慮な観察眼とを同時にはたらかせて、杉彦夫人のほうをながめた。かすかな、身のおきどころのなさを彼女は感じた。志瀬に対するときのおちつかなさとはやや異なった、ある奇態な感じ……たとえそれがどのような間柄にもせよ、男と女が向かい合うときの、試験官対生徒のようなあの感じ。

「奥さんこそしょっちゅうこの裏庭へ来ていますね」

と、医師は言った。

「ここがお気に入りましたか？」

「いいえ」

彼女は答えた。

「こんな古井戸なんて、わたし、きらいですわ。わたしはただ、散歩の途中で疲れたので休んでいるだけなんですの」

「なるほど」

竹河医師は彼女をながめおろした。

医師の態度にはなにかしら不愉快なところがあると彼女は考えたが、だまっていた。医師というものはときどきひどく不可解な態度をとるものだ……。

「疲れるほど散歩をなさるのはいいこととは申せません」

と、竹河医師はやり出した。

「なにがそんなにあなたを疲れさせるのかぼくには見当もつきませんが、家のまわりを歩いただけで息が切れたり、顔色がわるくなるようだったら――」

「まあ、そんなこと」

(わたしはそんなに息を切らしていたのだろうか？ そんなに蒼い顔をしているのか？)

「わたしは、もっともっとはげしい労働をしてくらしていた女ですのよ。ここへ来てからは身体をもてあまして、自分が一度に脂肪のついた高血圧のおばあさんになったみたいな気がしますわ」

医師は笑い出し、煙草を出して火をつけた。マッチの燃えさしを彼は井戸の中へほうりこんだ。

「そこへ腰をかけてもかまいませんか？――やあ、これはどうも――ここは涼しいですねえ。五月も今ごろになると日かげが恋しくなりはじめますな。ところで、奥さんは、煙草はいかがです？」

ちょっと考えてから、彼女は要らないと言った。煙草を吸いたくないと思ったのはついぞこれがはじめてであることに、ふと彼女は気がついた。

竹河医師は煙草の箱を上衣のポケットにしまった。

「この家にもう馴れましたか？」

と彼は尋ねた。

答えようとして、彼女は口ごもった。なにか答えるときには、よく気をつけてものを言わなくてはならない。彼女はエダや《レノ》のピアノ弾きと話をしているのではないのだ――。

「ええ」

どっちつかずに彼女は微笑した。医師が早く視線をそらせてくれればいいと彼女は思った。それは、八島家の主婦に向けるより、スポット・ライトの下で踊っている半裸の女に向けられるべき視線のようであった。

（それとも――この人はいつもこんなふうに相手を見るのかしら？　あの視線は、彼の前で平気で着物をぬぐ患者たちに向ける、ただのなんでもない目つきなのかしら？）

「この家は馴れるにはなかなか大変な家ですからな。とくに、あのじいさんが」

ふたたび、彼女は微笑した。今度はどっちつかずの微笑ではなかった。

「先生は、お舅《とう》さまを毎日診察なさりにいらっしゃいますの？」

「そう、毎日」

「このごろはお舅《とう》さまはいかがですか？　リュウマチはすこしはおよろしくて？」

「どうということはないですな。あれはしつこい、やっかいな病気です。それより、奥さん、あなたこそどこかわるいのでは？　一度診察してさしあげましょうか？」

「いいえ、そんな——。あの、お舅《とう》さまの話のつづきですけれど、ちょっと見ただけではとてもお元気そうですのにねえ、大きな声をお出しになって」

「元気ですとも、社長はたいそう元気ですよ。リュウマチは悪化して心臓をおかす場合があるが、そうでもないかぎり生命にかかわることはまずありませんからね。社長の身体はそれ以外は四十代の人間と言ってもいいくらいなんです。あれでリュウマチにやられていなかったら、毎日のように会社へ出かけていって、全従業員の勤務成績に目を通すといってきかないでしょうよ。ぼくは社長のリュウマチを根治してしまわないように秘書課の連中から袖の下をもらっているくらいでしてねえ……あはは、これは冗談。ところで、あなたは杉彦くんとはいつごろ知り合われたのですか？　ずっと以前からの仲だったのですか？」

「いいえ、つい四月のはじめから。それまではおたがいの顔も知りませんでした」

「そうですか、それじゃあまったくの一目惚れだったんだなあ！　ときどき、ぼくは若い人たちの勇敢さがうらやましくなりますよ。向こう見ずなことをやってのけているように見えながら、そのくせちゃんと計算が行きとどいていて、けっこうりっぱにやっていくんですからねえ、いや、じっさい感心してしまいますな」

「先生だって、まだそんなお年齢《とし》ではいらっしゃいませんわ。それに、結婚なんて、そんなにむずかしいものではない、という気もいたしますわ……」

考え考え、彼女はゆっくりとしゃべった。だいじょうぶ、まだなんにも失敗してはいない。言ってはいけないようなことはなにひとつ言っていない。

「わたしのような者にだってできるんですもの——先生はどうして結婚なさいませんの？　奥さんが時計とにらめっこしながらお帰りを待っているのはおきらい？」

竹河医師は煙草のけむりを吐き出した。彼は、彼女が予期したようには、笑いもしなければ照れても見せなかった。下生えをきらめかせている午後の陽光をみつめながら、彼はしごく平坦な口調で答えた。

「ぼくが今まで結婚せずにいた理由を言ったら、あなたは怒るでしょう」

「まあ、どうしてですの？　先生」

「ぼくは、女の人ってものを一度も信用したことがないからです」

彼女はだまりこんだ。

頭の上の梢で、はぐれたカケスがさえずりはじめた。どこか遠くで汽笛の鳴る音が聞こえてきた——。この昼さがりの重くるしい静けさを破るものがなにかもっとほかにあればいい、と彼女はぼんやり考えた。医師が自分のほうをじっと見ているのを彼女は知っていた。指先ひとつ彼女は動かしはしなかった。

「こう言ったからってあなたが怒ると思ったのはどうやらぼくのまちがいのようでした」

静けさは医師によって破られた。会話にしめくくりをつけるかのように、彼は言った。

「あなたと杉彦くんとを見ていると、だれだってすねたようなことを言ってみたくなるのですよ。あなたがたは世にもしあわせそうなご夫婦です。あなたがたのしあわせをそこなうものがこの世の中に存在しているとしたら……いや、そんなものがこの世に存在しているかどうか、ぼくにはすこしも確信がありません」

第四章　《黒牛》とわたし

事件の捜査を直接担当した警部補にわたしがもう一度会うのだと聞かされたとき、しばらくのあいだ、わたしは口がきけなかった。

というのも、その話が、垢じみたワイシャツにぼさぼさの髪をかきあげた、風采のあがらない人間の口から無造作にひょいととび出してきたのでなかったら、わたしもそんなにあっけにとられなくてすんだのかもしれない。

エダのつれてきた、清家洋太郎という弁護士がそれを考えつき、実行に移し、とうとう膳立てをこしらえた。してみると、彼がこのあいだエダにしゃべっていた、

『そのうちにいい考えが浮かんでくる』

という言葉の中の〝いい考え〟とはこのことだったのだろうか。彼がどこをどうとび歩いたものかは知らないが、とにかく警部補はわたしに会ってくれるというのだ。もう

一度わたしの話を聞いてくれるというのだ。

(——これは、なにかわからないが、途方もない大きな慈悲のあらわれ、超とびきりの特典なのであって、わたしはその余光に浴しているのにちがいない)

こう考えておいたほうがあとの失望の度合いがすくなくてすむ、とわたしは思った。ともかく、警部補に会ったからといって、それがただちに曙光——ああ、こういう言葉もあったのだ——へとつながるものではないことだけは、よく噛みしめておくことにしよう。

だいたい、事件の捜査を指揮した警察官をこの問題の解決者として白羽の矢を立てるなどということは、どこのとんちきの考え出したことなのだ？　清家弁護士がどんなみすぼらしい身なりをしていようが、屋台の焼酎で胃袋にアイロンをかけちまおうが、わたしはかまわなかったが、彼がとんちきなのだけは願い下げにしたかった。この事件のいっさいをこれほどめちゃめちゃなものにしてしまった張本人がほかならぬその警部補であることを、清家弁護士は知らないのだろうか？

よしんば奇蹟が起こって、警部補がわたしの話をはじめからしまいまで信じてくれたとする——。だからといって、それがどうなるのだろう？

宣告が——死刑の宣告がくだっていることを彼は忘れてしまったのか？

控訴だってどうせおざなりの仕事がくりかえされるだけだということを忘れてしまっ

たのか？　弁護士はともかく、おまえ自身も忘れてしまったのか？

そう自問するたびに、わたしは心の中で、

『いいえ』

と答えた。

『忘れてはいませんわ。でも、わたしは、やるだけのことはやるんです。あなたとわたしのためにね』

わたしはわたしに答えているのではなかった。わたしの心の奥のほの暗い片隅にうつる、ひとつの顔にむかって答えているのだった。その顔はいつ見ても鉄格子や金網にへだてられていて、不安とあせりに奇妙にゆがんでいるのである。そして、それらの陰鬱な表情のかげに、かつてわたしの心をあんなにもときめかせた、駄々っ子のような印象がかくされていた。

わたしはもう二度とあれをわたしの手にとり戻すことはできないのだろうか……？

「――重大なことなのです。人間一人、いいえ、二人の生命の問題なのです」

わたしの言葉を、K県警察本部捜査一課の緒方《おがた》警部補は黙然と聞いていた。

彼は、若いときはさぞかし美男だったと思われる浅ぐろい、彫りのふかい容貌と、わずかに灰色の混じりかけたこめかみとを持った、堂々たる大男だったが、なまじととのった目鼻立ちと巨軀がかえってそぐわないものに感じられるほど沈滞しきった、疲れた牛のような雰囲気をたたえていた。その様子からは、事件の発見された朝、パトロール・カーをつらねて丘の上の邸へ駆けつけてきた一群の中でまっさきに行動を開始したときの、いきいきした、戦闘的な姿を思い浮かべることはむずかしかった。

彼は、もう、この事件に彼の職域内での落着《らくちゃく》をつけたと信じているのだろうか？　ただ、わたしの気休め、わたしへの一抹の同情のためにこうして特別に時間をさいて、わたしの話に聞き入っているふりをしてくれているのだろうか？　わたしの執念ぶかさ、思い切りのわるさにうんざりし、今になってまたもや問題を掘じくりかえそうという思いつきに迷惑しながら、わたしの話の終るのを辛抱づよく待っているにすぎないのだろうか……？

話を進めながらも、わたしは気持のたかぶるのをどうしても圧さえることができず、思ったように筋道たてて順序よく説明していくことができなかった。自分でも歯がゆいくらいに絶句し、言いなおし、また口ごもった。わたしのてのひらには、じっとりと汗がにじみ出てきた――。

部屋は風通しがわるく、暑かった。わたしと清家弁護士と警部補と、三人だけしかすわっていないにしてはとても暑すぎた。

弁護士のほうを、わたしは何度もぬすみ見た。

彼は、暑くも寒くもないような顔をして、のんびりとそこに腰をおろしていた。わたしと緒方警部補とがむかいあっているので、弁護士は、ちょうど相撲の仕切りに立ち会う行司のように、その中間に席を占めていた。彼はねむそうで、早くふかくねむるためにお酒がたくさん欲しそうな顔つきをしていた。

この男が、わたしと警部補との会見に必要な、すべての面倒な問題を引きうけてくれたのだということ、警部補に会って話をするときのわたしの口のききかたまでも心配してくれたのだということは、ちょっとした驚異だった。まるで、道ばたで居眠りをしていたロバが急に立ちあがって金鉱のありかを教えてくれたようなものだ。

――ところで、金鉱を掘りにいくのはロバではなく、やっぱりこのわたしなのである。わたしは、自分の目の前にでんと座を占めている金鉱をながめた。

それはとても大きくて、かたくて、どこからツルハシを打ちこもうが手応えひとつない、石ころだらけの山に似ていた。

心の中でわたしはため息をつき、ばかのひとつおぼえという言葉そのままに、またもやくりかえした。

「重大なことなのです、ほんとうに。人間二人の生命の……」

わたしは口をつぐんだ。

警部補は、こうした芝居がかった大げさな言いまわしには辟易させられているにちがいない。彼のところへは、〝重大〟とか〝大変〟とか、〝生命にかかわる問題〟とかいう言葉でごまんと飾られた報告や訴えが、毎日、山のように押し寄せるのだろうから。

またもや、わたしは清家弁護士のほうをぬすみ見た。

弁護士は親指の爪のあいだをみつめていた。わたしが見ていることに気がつくと、彼は視線を上げ、わたしのほうにむかってわずかにうなずいて見せた。

わたしはすこし安心したが、同時にいちだんと心ぼそくもなった。うなずいてくれたのが警部補のほうだったら、どんなにかよかったであろう。

「――いつ、そのことに気がついたのです?」

やがて、とうとう、緒方警部補が重い口をひらいた。厚いカーテンがほんのすこしそよいで、日の光がちらと射しこむように。

わたしは唇をなめた。

「証人の尋問が終り、最終弁論がおこなわれたときからです――。そのときまでは、妙な話ですけれども、わたしはこのことをこんなにも切実な問題として考えていなかったのだとも言えるのです。もちろん、事の重大さはよく承知しており、大変なことになったとは思っていましたが、主人だけは心から信じていましたので、あのひとがあんなひどいことをする人だなどと夢にも考えてはいなかったのでした。どこのだれがどんなでたらめを申し立てようと、主人が一言、きっぱり否定しさえすれば、それでなにもかもカタがつき、警察はあらためて真犯人をさがしはじめるだろうとばかり考えていたおめでたい人間がわたしだったのです――警察がまちがいをやらかし、それをそのままにしてしまうこともある、それどころか、そのまちがいを明るみに出さないためにいろいろな工作をする、などということを、わたしは知らなかったのです」

わたしは、また、唇をなめた。どうしてそんなに口がかわくのかわからなかった。

「控訴の提起期間は一審の判決の翌日から十四日間、そのあいだに書類を控訴裁判所にさし出さなくてはいけないのですね。そのとき、やむをえない理由で一審の弁論終結前に取調べをしていただくことができなかった証拠によって、証明することのできる事実であって――であって――」

すり切れたぼろレコードみたいにわたしは吃った。こむずかしい法律用語の言いまわしなんか、わたしのとくいとする分野ではなかった。

当然のことのように、清家弁護士があとを引きとった。

「そういう証拠によって証明することのできる事実であって、その事実の誤認が判決に影響をおよぼしていることがあきらかであると信じるに足りる場合は、訴訟記録や原裁判所でとりしらべた証拠にあらわれている事実以外のものでも、控訴趣意書にそれを援用することができる、というのは刑事訴訟法第三百八十二条の二にありますな。その証拠の手がかりとなるものを、この場合は、今になってこの人がやっとつかんだというわけでして――」

「そうなのです。今からではおそすぎるでしょうか？　わたしの発見した事実を基にして、もう一度捜査をくりかえしていただくなどというのは、狂気の沙汰のお願いなのでしょうか？　妻は――妻というものは、夫のためには嘘ばかりつくもの、ときめておしまいになったのでしょうか？」

緒方警部補は依然としてわたしから視線をそらさずにいた。わたしの眼を通してわたしの心をさぐり、それがはたしてとりあげるに足る価値を持っているかどうか、きめかねているように見えた。眼を見ればその人間の心がわかるというあの伝説を、警部補も信じているのだろうか？　わたしの眼は美しく澄んでいるかわりに、にごって、血走って、はれぼったくなっているにちがいないのだが。おまけに人相だってとてもひどいものになっているにちがいない。

警部補はまた、わたしと等分に、清家弁護士のほうをもながめた。

彼は、わたしに劣らず、この同席者の存在におちつかないようだった。この男の舌先三寸にくどき落とされて、こんなやっかいな仕事にいつのまにか巻きこまれてしまったことを、今になってようやくおどろいているといった恰好だった。警部補の巨体と、疲れた牛そっくりの表情のどこかに、かすかな迷いの影をわたしは見た。それはとてもかすかで、とらえどころのない淡い影だったが、たしかにそこにあった――。

（警部補は決して確信してはいないのだ――おお、決して！）

わたしの心臓はゆっくりと高鳴りはじめた。

緒方警部補はすわりなおし、わたしと清家弁護士とのどちらにはっきり向けるともなくつぶやいた。

「どうして今になって私に話そうと考えたのです？　そのために弁護士というものがいるのに。それにもう、この事件は私の手をとっくにはなれている」

「そうなのです、それはおっしゃるとおりなのですけれども……」

例のごとく、わたしの舌はもつれてきた。

清家弁護士がわたしを制し、警部補のほうに向きなおって説明にとりかかった。彼が話しているあいだ、わたしはぼんやりと聞き入っているほかはなかった。清家弁護士は警部補に、なにやら、

『あなたの言われることはいちいちもっともなのであって、この期《ご》においてあなたの再考を乞うことが非常識なやりかたであるのはよく承知している』

というようなことをしゃべくっていた。彼が心の底からそう考えているのではないことはあきらかだった。もし、ほんとうにそう考えているのだとしたら、こんな会見の膳立てなんか彼は決してこしらえなかったにちがいない。

「ところが、警部補、この事件はまったく特殊な、複雑な性質のものでありまして……ぼくはすっかり目を通してみましたが……いや、とにかく、こんなはめになってしまっ

たというのもどうにもならないことだったようです……そう、そういうわけですな、証人の尋問が終ったあとになって、彼女は重大な手がかりを発見した。なぜなら、その手がかりとなった証言を、そのときまで彼女は自分の面前ではただの一度も聞かずにいたのですからな。そんなふうな証言がいつのまにかおこなわれていて、そいつが事の判断の上に大きな役割をはたしていたことを、彼女はそのときになってはじめて知ったのですからな……そんなわけで、まあ、ぼくとしましても、こいつはこのままにしてはおかれないぞと考えたような次第でして、一念発起、めしより好きな酒も断ち……」

この人はなにを言っているのだろう？　彼が酒をやめたことと、わたしたち夫婦がまちがった運命にもてあそばれていることとのあいだにどんな関係があるのだろう？

「乗り出すことに意を決したわけです。その手はじめが、警部補、あなたを動かすことだという次第でして……いえ、わかっております、わかっておりますとも。こうして貴重な時間をさいていただいたということだけでも、大変なご好意であることはようく承知しております」

なにを言っているのよ、時間をさいてくれただけでは、ちっともなんにもなりはしないわ。わたしの言うことを聞いてくれなければ、わたしの言うことを信じてくれなければ、なんにもなりはしないのだわ。

「……そこがですねえ、警部補さん、何度も申し上げましたように……」

かるい咳ばらい。

なんだって弁護士というものは、大切なところへくると咳ばらいをするのだろう？　由木弁護士もそうだった。あの人は、わたしの話が肝心なところへくると、必ず咳ばらいをしてわたしから目をそらしたものだった。事件が起こる前は、あんなにも親切そうに、人なつこくわたしをみつめたのに。まったく、人間というものはわからないものだ。だから、この人も――わたしは清家弁護士のほうを、値ぶみするようにすばやく見やった――これで案外役に立ってくれるのかもしれない。エダの言葉は、嘘でも誇張でもなかったのかもしれない。

「一審では、弁護人までが犯人のいいように引きずりまわされていたようなわけでして……それだとすると、もはや、最後の手段でいくほかはない、七めんどくさい法律だの手続きだのに気がねをしているひまはない、いや、いつもなら、そうしたものに気がねをさせるためにぼくらの商売が存在しているわけなのですが、この場合は……そう、警部補、あなたをかつぎ出したのは、あなたなら犯人に抱きこまれる恐れがないと考えたからです。あなたまでも抱きこもうとは、よもや犯人側も考えおよびますまい。そんなことをしたら、こりゃかえって藪をつついてなんとやらですからな……あなたは警察の人間だ。この事件の〝犯人〟を挙げ、法廷に引きわたして、すでにその有罪を立証なさった側の人間だ。だが、もし、警部補、あなたの判断にあやまりがあったとしたら――

あなたにその判断をくださせる原因となった関係者の証言にいつわりがあったとしたら、あなたはどうなさいます？　あなたは……」

「お願いです、警部補さん、あなた以外、わたしたちにはすがる人がいなくなってしまったのです――」

わたしは、清家弁護士と二重唱をやってのけるつもりはなかった。弁護士の言葉が終るまでおとなしく待っているつもりだった。とり乱して、恥ずかしいふるまいはしないように気をつけるはずであった。

だのに、いつのまにかわたしは、清家弁護士がしゃべるのをやめており、ちいさな暑くるしい部屋の中に、わたし一人の声だけが、がんがんとひびきわたっていることに気がついた。

「そして、警部補さん、あなたは、どこのだれよりも、あのときの様子をご存知のおかたです。あのときのことを思い出し、照らし合わせ、たしかめてくださることが、あなたならもう一度おできになるはずです。あなたなら、わたしがもう二度と嘘をつかないことを信じてくださるはずです……」

緒方警部補がむっつりとだまりこくったまま、内ポケットから黒い皮表紙の手帳をとり出すのをわたしはながめていた。わたしと清家弁護士とは息を呑んでながめていた。シルク・ハットの中からウサギをとり出す手品師の手つきを見守る観客の表情も、わたしたちにはおよばなかったであろう。

緒方警部補は、じれったいほどののろまさでゆっくりと手帳をひろげ、一本の細い鉛筆をページのあいだからつまみあげると、こちらを向いた。

彼はのろのろと言った。

「話をつづけてください、なにもかも、すっかり——由木というあの弁護士の態度は実は私もすこし気になってはいました」

「——警察や法廷で申し上げたこととかさなるところもありますが」

わたしは、わざと無表情に言った。そうでもしないことには、自分が椅子からとびおりて踊り出すかもしれないと思ったからだ。わたしの心臓は、口からとび出してきそうな勢いを呈しはじめた……。

「それでもよろしいのでしょうか?」

「いいんです」

わたしから視線をそらし、手帳のはじを鉛筆の先でかるくたたきながら、緒方警部補は嘆息するようにつけ加えた。

「いいんですよ、なんべんでもくり返して。真相ってものは、そんなふうにしてみつかるときがわりあいと多いものなんです。もちろん、みつからない場合もずいぶんと多いですがね……」

第五章　赤ん坊

義姉夫婦が実家をおとずれる約束の、晴れた六月の日曜日の朝、ようやく新生活の軌道に乗りかかった杉彦夫人が庭先の芝生の手入れをしていると、相当くたびれたツー・トーンのヒルマンが一台、丘をのぼってきて門内へ乗れ入れ、ブリーフ・ケースを小脇にかかえた、ずんぐりした初老の紳士が運転台からおりてきた。

紳士は、ガレージの横にいた八島家の運転手に手をふって見せ、勝手知った態度で庭づたいに離れのほうへ足を向けようとしてふと、クローヴァの茂みにひざまずいてなにかしている若い女の姿に目をとめた。

「なにか失くしものでも？」

彼女はおどろいたように立ちあがった。

シャツ・カラーの、男仕立ての白いブラウスの袖をまくりあげ、ジーンズ・パンツといういでたちで、髪は白地に青い水玉模様の木綿のスカーフできっちりつつんでいた。かたわらには簡易芝刈り機とじょうろがほうり出してあり、彼女の両手と頰っぺたには土のしみや草っ葉のきれはしがこびりついていた。

「いいえ、クローヴァがあんまりのさばりすぎているんで」

と、彼女は快活に答えた。

「すこしきれいにしようと思ったら——見つけたんですわ！」

「なにをです？」

「ほら、これを」

目の前にさし出されたものを紳士はしげしげとながめたが、足もとにいやというほど茂っている緑色のクローヴァの一本となにひとつ変わった点はないようだった。

彼が当惑していると、

「ね、ちゃんと四枚あるでしょう？」

と、相手は熱心に説明した。

「あのう、こいつはなにか薬にでもなるんですか？」

「薬？」

彼女は紳士をみつめ、それからおかしそうに笑い出した。

「煎じて呑めばいいというたぐいのものではないんです。でも、縁起をかつぐ人にはとてもききめのある妙薬よ。とくに、わたしなんかのいたところではかつぎやが多くて、いつかもエダが――」

ふいに彼女は口をつぐんだ。愛想のいい笑顔がすっと消えて、適当なよそよそしさと警戒の色が、かぶり馴れぬ新しい帽子のようにその顔にあらわれた。

「なにかご用でしょうか？　主人はまだやすんでおりますが」

「昼前に来いとのお電話でまいったのです。社長は時間にやかましいかたでいらっしゃいますし」

紳士はまじまじと相手をながめた。彼はにっこりした。

「今度いらした若奥さんですね？　失礼をいたしました。ここのお家で女中さん以外の女のかたがこんなことをしておられるのを見るのははじめてだったものですから……。申しおくれましたが、私はお宅の顧問弁護士をつとめる由木卓平《たくへい》です。もう十何年このかた、こちらのお邸に出入りさせていただいております」

「まあ、あなたもですの？」

「は？」

「ここの家には、何年も何年も〝勤続〟している人がとても多いんですもの。女中さんも運転手も、お医者さんも出入りの商人たちも、みんなこの家の人以上にこの家を知っているんですわ。ここの家の台所の柱に釘が何本打ってあるか、いまだに知らないのはこのわたしだけ――。そして、あなたもまた、その人たちとおなじようなことをおっしゃるのね」

　弁護士は納得したようにふたたびにっこりした。

「由緒のある、古いお家柄ですからね。このお家のおかげで生きている者が、それこそいくらもいるのです。お仕えしている者はみな忠義者ぞろいですよ。とりわけ、あのお志瀬さんときたら、ご先代のころからの名物女でね……かく言う私も、忠勤の点では人一倍はげんでおるつもりなのですが、雷《かみなり》社長にはどなられっぱなし、頭があがりません」

「お舅《とう》さまのご用でおいでになりましたのね。離れと母屋に別れてくらしているものですから、さっぱり様子が知れなくて。それに、わたし、あちらへはぜんぜん近づかないので」

「それはいけませんな」

　弁護士は、心から残念がるようにもう一度くりかえした。

「それはいけませんな……あなたのようなかたがご家族に加わられたら、社長はさぞかしおよろこびでしょうに。なるたけしげく見舞ってあげてご老体をなぐさめてあげるといい」

「わたしもそう考えていたのですけれど」

彼女はちょっと伏目がちになった。

由木弁護士は話題を変えることにした。彼は、今しがたまで彼女のうずくまっていた芝生の片隅をめずらしい場所でも見るような大げさなゼスチュア入りでながめわたした。

「――これはまた、大変な草ののびようですな！　奥さんにこんなことをさせておいて、女中や植木屋はいったいなにをしているんでしょう？　昔は決してこんなことはなかったものなんだが」

「あら、ちがいますわ」

彼女はあわてて首を横にふった。

「わたしが勝手にやりはじめたんです。今日はお義姉《ねえ》さまがはじめてわたしに会いにきてくださいますし、それに、このごろ、運動不足のせいか、身体の調子がなんとなくおかしいものですから」

「生活環境の変化のせいですよ。新婚の奥さんにはよくあることだ。それと――」

弁護士のまなざしは、同情と心得顔と好奇心とをほどよくミクスした、うすい膜の向こうから彼女をながめている石けんの泡のようにやわらかいものになった。

「だいぶ、神経をお使いのご様子と見えますね、奥さん」

「――というほどのこともないのですけれど」

ためらいがちに彼女は微笑した。

「一人きりでお行儀よくしているのはなかなか練習の要ることだっていうことがわかりましたわ。もちろん、それを承知の上でこの家へ来たのですが」

「それにしても、ここのお家に歩調を合わせてやっていかれるのは、いろいろと大変なことでしょう。お察しいたしますよ」

「お舅《とう》さまのところへみえる竹河先生も、それとおなじようなことをおっしゃいましたのよ。あのかた、とても心配してくださって……」

「今日は専務夫妻がおそろいでみえるのでは、ますます気苦労なことですな」

「ああ、そうですわ、由木さん、よろしかったらあなたもお夕食をごいっしょにいかがでしょう？　主人に話せばきっとそう申すでしょうし、いつものとおり竹河先生もあらわれたら、おなじようにお誘いするつもりだったのです。それに——お夕食の席になるべくたくさんのかたがいらしてくださるほうが、わたし、気がらくになるのですもの」

「すると、私は奥さんのための精神安定剤《トランキライザー》ということに？」

「まあ、そういう意味では」

「いやいや、どんな意味でも、よろこんでご馳走にあずかりますよ」

弁護士は眼をほそめた。

「がみがみやのご老人のお相手よりは、こちらのご招待のほうが何倍かありがたいですからねえ。なるたけ早く用事をすませて、あなたのお手料理をご相伴させていただきましょう。では、また、のちほど。社長は私の来ようがおそいというんで、きっと頭から湯気をたてていますよ。日曜日の朝っぱらから弁護士を呼び出してなにをさせようというんでしょうねえ」

由木氏は悲しげに頭をふり、かるく会釈してから離れのほうへと姿を消した。

このときのことを、のちに、彼は法廷で証人としても尋ねられている。すなわち、一審における検事の、

『証人はその朝、なんのために被害者をおとずれたのか？　被害者はなんの用事があってあなたを呼び寄せたのか？』

という質問に答えて、彼は説明した。

『遺言状および遺産相続上の問題で至急談合したいから、日曜日午前中に来邸するようにと、前夜、被害者から連絡の電話があったのです。私が、午後からではいけないかと尋ねますと、社長はかんしゃくを起こして私をどなりつけ、早く来いとかさねて命令しました』

『そのときの被害者の言葉をおぼえていますか？　今ここでくりかえしてもらうことができますか？』

『できると思います……たしか、こんなふうに電話口でわめき通しでした。あのかたは

さすがに寄る年波で耳も少々遠くなりかけておいででした上に、生来の大声でどなりたてるのがくせになっておられましたので。

〃娘夫婦がどうしても明日のうちに話をはっきりさせろと言っとるから、早く来てもらいたいんじゃ――なに？　杉彦がどうしたと？　あいつは骨の髄まで極道の味のしみついたぐうたらだ。あいつは、わしがあいつに泣きつかれれば決していやだとは言い通せないことを計算に入れて……〃』

彼は被告席をちらりと見やって、そわそわと額の汗を拭った。

『〃女をだしに使って泣き落としにかけようというんじゃ。だが、あいつの拾ってきた、あの親兄弟もない、素姓も知れぬ女は……〃』

彼はますますそわそわしはじめ、そのあと社長がなんと言ったかよくおぼえていないと答えた。検事はこの問題をそれ以上追及しようとはせず、主筋にあたる男女の人格問題にまでおよぶ証言をしいられたこの弁護士の苦境を思いやって、尋問を打ち切った。それ以上深追いするまでもなく、検事はすでに尋問の目的を十二分にはたしたと信じたからである。

立ち去っていく由木弁護士を見送りながら、彼女はみぞおちのあたりを押さえた。身体の具合がおかしいと言ったのはほんとうだった。数日前、いや、もっと前から、かすかな吐き気が彼女の内部に忍び寄っていた。初夏の朝のかるい運動が気分を一新してくれるかと思ったのに、たいして役には立たなかったようだ。

唯一の収穫は、あの篤実そうな顧問弁護士に夕食の席につらなってもらう約束ができたことである。弁護士は彼女に好意を持ってくれたらしく見えた。あの男がそばにいてくれれば、義姉夫婦が夕食の席で彼女を見てどんなにおぞけをふるったとしても、今すぐ出て行けなどと非合法的なことは言い出すまい。

今夜の客のことを考えると、彼女はどうしても気がめいってくる。しかし、今夜こそ大切なときではないか。それは彼女の今後の結婚生活において――人生において、先の離れでの老大君《タイクン》との会見に次ぐ重要な意味を持つ夜になるはずである（そう、そしてほんとうにそうなった）。ここはもうこのくらいにして、客を迎える準備をし、女中たちともてなしの相談をし――といったところで、女中たちのこしらえた献立の説明に耳をかたむけるだけのことなのだが。由木弁護士は、彼女の手料理を馳走になるのはうれしい、というようなことを言っていたけれども、ほんとうのことを知ったらなんと思うであろう――自分の身なりもととのえなくてはならない。時間はたっぷりあったが、いくらあってもありすぎるということはないように思われた。

来客にそなえて支度するというのは、わるい気分ではない。せかせかと気ぜわしい上に、とくに、その客が初対面で、しかも自分に対してどんな感情をいだいてくれるか皆《かい》目《もく》わからないという悪条件の中ではあるが、すくなくとも、このだだっ広い家の一間でぽつねんと夫の帰りを待っているよりは張りあいがあるというものだ。

(ただ、この吐き気さえひどくならなければ――お義姉さんたちがそんなにわたしのことをきらってくれなければ)

四つ葉のクローヴァはいい前兆のように思われた。彼女はそれをジーンズのポケットにしまいこみ、生唾を呑みこみながら芝刈り機を片づけにかかった。

芝生をへだてたガレージの横手では、八島老人のベンツのセダンと、杉彦のジャガーと、由木氏のヒルマンと三台並べて運転手の江崎《えざき》が掃除にいそがしい。フロント・グラスに陽光がふりそそぎ、ホースからほとばしる水は、紫陽花の葉叢《はむら》の上に虹となって散りかかる。

「今日は公休じゃなかったの?」

立ち去りぎわに、運転手のほうにむかって彼女は声をかけた。

運転手はびっくりしたようにふりかえり、眼をパチパチさせた。

「――そうなんで。これを終えたら東京の兄貴のところへでも行こうかと思ってるんで」

「いいわね」

彼女はつづけた。

「泊ってくるんでしょう？　ゆっくりしていらっしゃいよ。お舅《とう》さまはどうせ会社を休んでいらっしゃるんですもの」

「リュウマチですとね。若旦那は自分で運転なさるし、ぼくら、もう用なしですわ」

　運転手は元気がないようだった。久しぶりの公休だというのに、掃除する車が一台ふえたのでがっかりしているのかもしれないし、失業するのが心配なのかもしれない。

　彼女はなにかもっと話していたかったのだが、相手が下を向いてせっせと雑巾を動かしはじめたので、やめた。運転手は会話をつづけるのが迷惑そうにも見えた。彼は仕事のじゃまをされたくないのだ。早く東京へ遊びに行きたいのだ。

（でも――あの人たちはどうしてわたしになつかないのだろう？　わたしが打ちとけようと一歩踏み出すと、女中も運転手も一歩さがるのだ。顔にだけははっきりと、わたしに対する興味を浮かべながら……）

　ひざのあたりの草っ葉をはらいのけた彼女が、応接間とテラスをつなぐフランス扉のほうへと引きあげていくと、いちばん若い女中ののぶが廊下を小走りにやってきてその姿を見つけた。

「あのう――若旦那さまはまだお目ざめではございませんでしょうか？」

「と思うけれど、どうかして？」

「ちょっとお耳に入れたいことが」

「だったらわたしから伝えておくわ。どうせそろそろ起こしにいくところですもの」

「それが――」

のぶの表情に、ただの儀礼的な遠慮とはちがう、微妙なたゆたいがあるのに杉彦夫人はすぐ気がついた。彼女はまったくカンがよくなったものだ。この家に来てから彼女はもうずいぶんいろいろな勉強をした。彼女はまだいろいろな勉強をしなくてはいけない。人間は常に勉強しなくてはいけないのだ。

「そう……？」

できるだけなにげない口調で答えようと彼女は努力した。

「それじゃこうしましょう。わたしはあのひとを起こしますわ。あのひとが顔を洗いにおりていったら、あなたからお話ししてくださる？」

「けっこうでございます。お願いいたします」

のぶは廊下を引きかえしていったが、その眼には、令夫人のジーンズ・パンツという、八島家はじまって以来の珍事に対するひんしゅくの色がありありと浮かんでいた。

義姉夫婦は、午後六時すぎて到着した。

玄関まで出迎えた杉彦夫人は、来客が二人きりではないことを知った。義姉夫婦は一人の若い令嬢をともなっていた。

「あなたが杉彦の……？　こちらは主人の親類のお嬢さんで、美紗子《みさこ》さん。杉彦はよく知っているわ」

これも初対面の義姉が紹介した。義姉の紹介はようやくというところにいささか力がはいりすぎていると、彼女はぼんやり考えた。

（だめ、おちつかなくてはだめ。今夜これから起こることにいちいち神経をとがらせていてはだめ）

三人はすぐに、老人の住む離れへ挨拶にいってしまい、美紗子だけは十分もすると出てきたが、あとの二人は、一時間経っても戻らない。そのあいだには杉彦までが離れへと呼び寄せられた。

彼らの話が予想以上にながびいたので夕食のタイミングが狂い、杉彦夫人や女中たちをやきもきさせた。しかし、客の数がこの時刻になってふえたことを女中たちがべつだん難じなかったところを見ると、令嬢の来ることは女中たちにはあらかじめわかっていたのではないかと杉彦夫人は推量した。女中たちと、それから、杉彦には――。おそらく、今朝おそく目をさましたあと、洗面所への通りすがりに、杉彦はそのことをのぶから耳打ちされたのだ。

『あのう、若旦那さま、奥さまには申し上げずにおきましたけれど、実は今夜……』

由木弁護士と、例によって午後おそくふらりとあらわれた竹河医師とは、応接間の一隅にしつらえてあるバーで時間をつぶしていた。

この二人は、もちろん顔を合わせれば挨拶をかわす仲ではあるが、それ以上の親密さへと発展するけはいはなく、由木はソファの前の低いテーブルになにやら書類をひろげてとり組み、医師は一人満足げに止まり木にとまってグラスをかたむけていた。

美紗子と呼ぶ令嬢は、そのあいだ、庭をぶらついたり、書斎をのぞいたり、一人ぽつんと日本間にすわりこんでいたりした。

杉彦夫人は茶菓をはこんでいった。客を手持ち無沙汰にしてはおきたくない。

しかし――。

彼女はとまどうのだった。

この、静かな、というより、放心したような表情で彼女のほうをながめる貧血症の令嬢に、なんと話しかけて時間をつないだらよいのだろう。令嬢のほうからは一度も口をひらこうとはしなかった。天気のことや丘の上のながめのこと、老人の容態などについて二言三言話しあってしまったあと、彼女らのあいだにはなにひとつ話題らしきものはなくなった。紫檀の卓をはさんで相対したまま、二人の女はときおり眸《め》を見あわせ、また顔を伏せては、スカートの裾のありもせぬ糸くずをさがした……。

たったひとつ、二人のあいだの共通な話題がまだのこっているはずだった。天気の話や老人のうわさよりは、ずっとずっと二人の心を魅了してやまない話題が。

だが、彼女らはとうとうそれにふれることなく、好物のまわりを嗅ぎまわる、気のちいさい二匹のプードル犬のように、そのまわりをぐるぐるまわっただけに終った。

《杉彦さんをどうやって?》

《杉彦さんとあなたとは?》

令嬢はモーヴ色の花を散らした絹のアフタヌーンを着ていかにも品よく優雅に見えた。厚化粧も愛想笑いも知らない小さな顔をきちんと前に向けて、ひっそりとすわっている。杉彦夫人はその天然のしとやかさと辛抱づよさに感心したが、同時に、わっと叫び出したい衝動をこらえるのに苦労した。あの杉彦がこの令嬢を〝ようく〟知っているとしたら、どんなふうにして話をかわしたり、きげんをとったりしたのだろうと彼女は考えた。じっさい、もし彼が、ナイト・クラブの一隅やベッドの中で妻を困らせてはよろこぶような いつもの調子でしかふるまえないとしたら、どうやってこの……。

そこへようやく、離れを解放された連中が母屋へ姿をあらわし、一同はなごやかに(すくなくとも表面は非の打ちどころなく)食事をはじめたのである。料理が並び、ひとわたりビールがつがれると、女中たちはひきさがった。

——杉彦夫人はつくづくと義姉をながめた。

義姉の洛子《らくこ》は豊満な三十女で、白いゆたかな頬と、眼のまわりの美しい小じわを持っている。にじんだ水藻を手描きに染めた白地の一越《ひとこし》につづれの帯、白トカゲのハンドバッグ、指には大粒のスター・サファイア。かたちのいい切れながの瞳で、洛子はときおり、ちらりほらりと弟の新妻をながめる。

杉彦夫人は、むろん、とっくにジーンズとシャツ・ブラウスを着換えている。彼女は手持ちの服の中からもっともおとなしい、無難な好みと思われるのを心して選んだのだが、それでも、肩のあたりに繊細な金のブローチをひとつとめただけの、やわらかい色調のドレスをまとった若夫人の姿をまのあたりにしたとき、夕食の席に集まった男たちは露骨な讃嘆の表情を惜しまなかったのである。杉彦以外の三人の男たちは、すべて——。

夫がなにかほかのことに気をとられているのに彼女は気づいた。彼は妻のほうを見るには見たが、なにかぜんぜんべつのことを考えているらしかった。

洛子夫人のとなりで、その夫である飛驒則秋《のりあき》専務は、恰幅もその熱心さの度合いもちょうど、珍種のカトレアを前にしたネロ・ウルフよろしく義妹をみつめている。彼が今にもこちらにむかって、

『よオ、ミミイ・ローイ、早くスカートをとりなよ』

とどなるのではないかと彼女はびくびくしたくらいだった。助けを求めるように彼女は何度か夫のほうを見やったが、杉彦は沈んだ顔つきでビールの泡をにらんでいた。

「——とにかく」

ひとしきりの沈黙ののち、洛子夫人が若鮎の皿に手をつけながら口を切った。

「あたくしたちがとやこう言ってみたところではじまらないことだわ。あなたがたはさっさと結婚してしまったんだし、お父さんにたよらなくたって充分やっていける自信はあるんでしょうからね。財産目あてにお嫁にきたのではないって、さっき、この人も――はっきり言ってのけたんだしね」

「ええ、お義姉《ねえ》さま、そのとおりですわ」

箸をおいて彼女はうなずいた。食欲はすこしもなかった。忘れていた吐き気がまたもやはじまりかけていた。

「わたくし、働きに出ようと思っているんです」

左どなりの竹河医師がくすくすと笑った。

彼女は医師のほうを見た。

いつかの裏庭での会話以来、この男は、彼女とは格別親しくもなければよそよそしくもない、あるあいまいな一線の上にただよっているかに見える。神経質そうな、白いながい指が、ほとんど空《から》になったグラスのふちをかるくたたいていた。

彼は、あのとき、〝偶然〟裏庭へ来あわせたのか？　それとも、彼女の行動をどこからかじっと見守っていたのだろうか？　彼女が井戸のふちに腰をおろして休んだのは、この男にとって会話の口火を切るためのいいきっかけになったのだろうか？　会話の口火だって？　彼女はこの男とどんなすてきな会話をかわしたというのだ……。

あのことのあったあと、彼女は夫との雑談の中でなにげなく医師にふれたことがある。そのおり、杉彦がたいして関心もなさそうに洩らした言葉を彼女はおぼえていた。

『あのやぶ医者かい？　あいつは女ぎらいでね、どの女を見ても学問的所感しか思い浮かばないと称しているが、どこまでほんとうかね。そんなことを言って実は女の気をそそっているんじゃないのかね。そう言われるとかえってちょっかいを出してみたくなる女がいるだろう？　あいつはそういう女を待っているんだよ』

――彼女は吐き気をこらえ、身じまいを正し、しいて微笑を崩すまいとつとめながら、医師のグラスになみなみと新しいビールをついだ。

「どうしてお笑いになりますの？　先生。わたくし、決して結婚前とおなじ仕事をするつもりで申したのではないのですけれど」

「失礼しました。奥さん」

竹河医師はすなおにあやまった。

「弁解のようだが、実はあなたのことを笑ったわけじゃない。杉彦くんのことを考えて可哀想になったのです。これだけの家の跡とりに生まれながら、奥さんに養ってもらうはめになろうとしている。どうもこの取組みは、奥さん、あなたのほうが勝ちらしい。あなたはこのぐうたら坊っちゃんにはいささかすぎた女性だ」

「でも、実際問題となると、大変なことじゃないかしら」

洛子が言った。

「女がふつうの仕事をして働いて、夫を養っていくというのは。よほどの特殊技能でもないかぎり」

「特殊技能なら、彼女の持ってるやつをどしどし使ったらいいじゃないか。そのほうが全男性の福祉と幸福に大いに貢献すると思うがね」

そう言ったのは飛騨氏である。彼は、今度は、キノコのソースをあしらった肝臓料理を前にしたネロ・ウルフのように、義妹をながめていた。

洛子夫人は夫の発言を黙殺し、杉彦夫人のほうはあえてだれに向けるともなくごくおだやかに抗議した。

「養うなんておっしゃっては困りますわ。主人だって働いてくれるんですから」

「働く？　杉彦が？」

洛子は破顔一笑した。

「大学もろくすっぽ行ってやしないのよ。この年齢《とし》になるまで、お父さんの会社からおなさけの肩書とサラリーをもらい、その何倍ものお小づかいをせびりとっては使いはたすこと以外に、この人にできたことがあって？　そりゃこの人は、お金の捨て場所ならよく知っているわ。競馬《うま》だのポーカーだの、半年であきる新車だの——」

（ストリップ・ガールだの）

心の中で、彼女はあとをつづけた。《レノ》のせまくるしい楽屋に洪水のように持ちこまれた贈物のことを彼女は考えてみた。花束や香水にはじまり、外国製のレースのスリップやルビイの腕環やミンクのストールまで彼は持ちこもうとしたのだった。その大部分を、

『ふだんでも舞台《ステージ》でも、使いみちがすくないから』

という理由で彼女は返してしまったけれども……。

それと、もうひとつ。

彼女は恐れていたのだった。彼女はとてもこわかった。〝玉の輿〟というような言葉を、彼女は一度だって考えたことはなかった——。

「ですけれど」

勇気を出して、彼女は義姉のほうをまともに見かえした。

「彼は言ったんです、これからはちゃんとやるからって。それを誓って、わたくしとのこと、お舅《とう》さまに許していただくつもりだったんです」

洛子の笑い声は、一段とはなやかさをました。

「そうなのよ、いつでも杉彦のは、これからはなの。お父さんはそうやっていつでも煮え湯を呑まされてきたのよ。使いこみがばれたときにしたって、社員たちの手前、一時

は大さわぎしてみたけれど、いつのまにかおさまっちゃったじゃないの。この人が例のごとく、『これからは』と泣き顔をしてみせたからなのよ。お父さんは、この人にはいつだってとても甘かったんだわ、こちらが歯がゆくなるくらいにね……でも、今度ばかりはつむじを曲げてしまったのよ」

洛子は艶然と義妹をながめおろした。

「あなたとのことは、まあ、みとめるでしょうよ、しぶしぶながらもね。反対したってどうしようもないことですもの。あたくしからも口をきいてあげたっていいわよ。お父さんは、あたくしには頭があがらないんですからね。でも、そのほかのことは、杉彦さん夫妻のあいだで処理すべき問題よ。あたくしたちの口をさしはさめることではないわ」

「それでは、お舅《とう》さまは——わたくしたちのことを許してくださりそうなご様子なんですのね！」

「そのかわり、ぼくに会社を出ていけと言いやがった」

はじめて、杉彦が口をひらいた。

「生活費なんか一文も出してやらん、と、こうさ」

彼は親指の爪をかじっていた。眼には憎悪が燃えていた。

「いいじゃないの、あなた」

おずおずと彼女は声をかけた。

「二人でやりましょうよ、きっと楽しくやれるわ」

夫が自分の言葉なんか聞いてはいないのを彼女は知った。

杉彦は姉と竹河医師のほうをじろりと一瞥し、吐いて捨てるように言ってのけた。

「ぼくは女房に養ってもらう必要はないよ。ぼくにはこの家を継ぐ権利があるんだ。会社だってそうだ。ぼくは、車を乗りまわしたり、欲しいものを欲しいだけ買ったりする生活が好きなんだ——。どうしても出ていけというのなら、ぼくはおやじを殺してやる」

だれかのグラスにつぎかけていたビールの瓶を、彼女は下においた。

夫の言ったことはほんの冗談なのだ——皆さん、そんなにあのひとの顔を見てはだめです。あのひとは、趣味のわるい、しょっちゅうあんなことを言って人をおどろかせるのが好きなんです。あのひとは、スリリングな冗談が好きなだけなんです……。

彼女は吐き気をこらえた。吐き気は、始末に負えない虫のように彼女ののどを這いあがってきた。

「そんなことをなさっちゃあいけない、坊っちゃん」

由木弁護士が大まじめで反対した。

「お父さんを殺したって、警察につかまえられてしまってはなんにもならない。社長だってなにも理不尽なことを言っておられるわけではないのです――親子の間柄のことではないですか、なおよくお父さんと話しあえばわかることだ。尊属殺人などやらかすと、死刑はまぬがれませんぞ」

　見かけほどは酒のつよくないらしい飛騨専務が、いいごきげんで口をはさんだ。

「だがね、由木くん、警察ってところは必ずしもまちがいなく真犯人をつかまえるわけでもないらしいぜ。ぼくが、この前、秘書の女の子に借りて読んだ外国の探偵小説では、罪もない人間が刑務所へほうりこまれてな、しかも、いったん捕えたとなると、しばらくしてそいつの無実がわかっても、体裁がわるいてんでそのまま犯人に仕立てちまいやがるのさ。どこの国の話だったかな、ええと、たしか――」

「あなたの読んだ、くだらない人殺し小説の話はもうけっこうよ」

　洛子夫人が眉をしかめた。

「そんな本をあなたに貸してよこす女秘書もクビになさい」

「いや、あの娘《こ》はなかなかいい娘《こ》なんだ、このあいだも、ぼくの――」

　飛騨専務は、そのあとを適当にごまかした。

　洛子夫人は、この問題についてはいずれあらためて追及することにきめたらしく、当面の大問題へと話をひき戻した。

「殺したらいいわ」

と、洛子はあっさり言った。

「杉彦さんなら簡単じゃないの。お父さんの前へ行って、今度はサーカスの玉乗り娘を二号にしましたとでも言ってやれば、お父さんは目をまわして、今度こそは息がとまるわよ。あたくしたちぜんぶで、自然死にまちがいないと証言してあげるわ。死亡診断書だって竹河先生のお手のものでしょう？　その上で——」

洛子はハンドバッグからケントの函をとり出し、一本抜いて火をつけた。

「遺産は適当に分ければいいじゃないの。先生や由木さんにも口止め料をあげるのよ。だれだっていやとは言わないわよ」

そして、洛子は、この話題に最大かつ最後のだめを押すように、ゆっくりとつけ足した。

「とにかく、ここの家の財産ていったら、億の上にまだ数字がいくつかくっついているのよ」

今度は、だれも笑わなかった。

——おそろしくながいことつづくかと思われた沈黙のなかばで、ふいに杉彦がたてつづけにしゃべり出した。

「姉さんたちがそういうふうに証言してくれるかどうか、どうしてぼくにわかるんだ？　ぼくにおやじを殺させておいて警察に引きわたしちまえば、あとは姉さんたちのいいようになるじゃないか。姉さんたちは、機会さえあれば、ぼくにしくじらせようとしているんだ。このあいだの使いこみの一件だって、義兄《にい》さんにそそのかされて、はめられたようなものじゃないか。ぼくが一人でひっかぶっちまったけれど、義兄さんだってあの思惑買《おもわくが》いには一役も二役も買っていたじゃないか——しかも、姉さんは、あのあとで、おやじにとりなしてやるという体《てい》のいい口実つきで、自分の亭主の縁つづきの娘をぼくに押しつけようとしたじゃないか！　それに成功すれば、自分たちがこの家を自由にできる可能性がさらにふえるからなんだ」

「ちがうわ！　杉彦さん」

終始沈黙を守っていた美紗子がはじめて声をあげたが、杉彦は見向きもしなかった。

「おやじがどうしてもぼくを会社においておけないと言いはるなら、ぼくは思惑買いの一件をぜんぶばらすこともできるんだぜ。姉さんたちが八島産業専務取締役夫妻として安泰でいられるのは、おやじが、いつもわるいのは杉彦だとしておいてくれるためなんだからね」

「思惑買いの一件とは、また、おそれ入った言いがかりだな」

飛驒氏がむっつりと口をひらいた。

「だいたいだね、杉彦くん、きみのような人間が重役なんぞにおさまっていられるというのは——」

「あたくしが美紗子さんをあなたに押しつけたなんて、とんでもない！」

洛子夫人も夫に負けじとぶつぶつ言った。

「こんな世間知らずの箱入りお嬢さんを、あなたみたいな不良にどうして押しつけられて？　美紗子さんがあなたを好きだと言ってきたからこそ――」

「やめて、おばさま」

「まあまあ」

と言ったのは、竹河医師だった。

彼は、口論のあいだじゅう、つまらなさそうにビールのグラスをのぞきこんでいたが、ややあって、もっとつまらなさそうに言い出した。

「だめですよ、およしなさい。社長の遺産をあてにするのは当分だめです。社長はたいそう健康で、心臓にも血管にもこれといって故障は見あたりません。怒らせたり、おびえさせたりすると都合よく止まってくれる心臓の持ち主ならいざ知らず、現在のところ、社長の息の根をとめようと思ったら、脳天でもぶち割るほかはないんです。これではどうも、いくらぼくが金に目のない悪党でも、自然死の診断書は書けませんからねえ」

「まったくだ、こんな話はやめたほうがいい」

ふたたびとろんとした目つきに戻った飛驒専務がうなずいた。

「生きてる人間の脳天をぶち割るなどというのは、あまりいいものじゃないよ。杉彦くんがいくらもの好きな道楽者かは知らんが、そんなことまでやってのけるとは思わないね。われわれは、それほど馬鹿の集まりではないよ」

「だから、なんとか平和にくらしていけるのね」

洛子夫人が応じた。

「あなたも、女秘書とのことをあたくしに見のがしてもらえるしね」

「そうです、良識ある、寛容な人間たちの集まりなればこそ、こうして和気あいあいと一夕をともにできるのです。人間はそれでなくちゃいけません」

由木弁護士が、ほっとしたようにしめくくりをつけた。

杉彦はなにも言わなかった。

彼は、妻のほうを見ていた。妻が次第に蒼白になり、部屋の片隅にうずくまるように倒れるのを、茫然と見ていた。

竹河医師が彼の視線の行方に最初に気がついた。

——彼女は吐きたかった。猛烈に吐きたかった。だが、吐くものがなかった。

やがて天井がまわり出し、部屋ぜんたいが灰色の霧になっておおいかぶさってくるのを感じた。

「奥さん、どうしました？」

竹河医師の声が、その霧のはるか向こうから聞こえてきた。

○

彼女が意識をとり戻したとき、夫の顔がすぐ胸の上のほの明かりの中に、竹河医師とのぶの顔がそのすこしはなれたところにあった。

彼女はレースのスリップのまま自分のベッドに寝かされており、額の上にはぬれタオルが載っていた。彼女が首を動かしたので、タオルは枕の上に落ちた。

寝室の中はほの暗く、白と金色の笠のついたフロア・ランプだけがやわらかな光の輪をあたりに投げかけていた。彼女の服が椅子の背にかかっていた。

「わたし、どうしたのかしら？」

と彼女はつぶやいた。吐き気はだいぶおさまっていた。

「立ちあがって、めまいがしたと思ったら……」

彼女は夫を見あげた。

「ごめんなさいね。お客さんたちの前であんなことになってごめんなさいね」

杉彦は、奇妙な、感にたえたような顔をして、妻を見守っていた。彼女の顔は枕の上で透きとおるように蒼白く、眼のまわりに黒いくまができていた。それを除けば、彼女はたいそう美しく見えた。

「無理もないよ」

と彼は答え、枕に落ちたタオルをとりのけてやった。

「気がつかなかったぼくがわるいんだ」

「なんでもなかったのよ、気をうしなうなんて思ってもいなかったの——。お義姉《ねえ》さんたち、お帰りになってしまった？」

「あいつらは泊っていく。飛騨のやつ、へべれけなんだ。はじめからそのつもりで来ているんだよ」

「それじゃ起きてお世話しなくちゃ。だらしのないお嫁さんだと思われるわ」

「きみはここでそっと寝ていなければいけないよ」

「気分がなおったら起きてもよろしいが、無理をなさってはいけません」

竹河医師の声がした。

彼はベッドの裾のほうの暗がりに立って、のぶのさし出す洗面器の湯で手を洗っているところだった。

「鎮静剤の注射だけはしておきましたからね。こんど一度、病院へ行っていらっしゃい。あいにく、ぼくはそのほうの専門ではないから」

「わたし——なにか、わるい病気でしょうか？」

杉彦は、あきれたように妻をながめた。

「きみは知らなかったの？　きみは赤ん坊ができたんだよ」

「診察したわけではなし、はっきりしたことは言えないが、お二人が出会われた月日から見て、そんなに経ってはいないはずです。ご結婚当初に受胎されたわけですな……実は、このあいだうちから、どうもそれらしいとは思っていたのですが、ぼくにはどうとも言えませんでしたのでね」

医師はベッドの上へむかって陰気にほほえんで見せ、のぶの渡したタオルで丹念に手をぬぐってから、鞄の中身をまとめて扉口のほうへと歩き出した。

扉口で、彼はふりかえった。

「杉彦くん、奥さんのおめでたをお父さんに早いところ報告したほうがいい。生活費のことも考えなおしてもらえるかもしれない」

夫が立ちあがって医師のかたわらへ歩み寄り、なにか二言三言話をかわしているのを、ベッドの上から彼女はぼんやりとながめていた。

しばらくして、医師は、あとかたづけを終えたのぶといっしょに静かに部屋を出ていった。

ベッドのわきへ戻ってきて床にひざをついた杉彦は、妻の眼に涙がたまっているのを見て、あわててもう一度腰を浮かせた。

「苦しいの？　吐きたかったら吐けってあいつが言ってたぜ」

彼女は首を横にふった。

「おなかが大きくなっても働けるような仕事、あるかしら？　範囲がまた狭ばまっちゃったわ」

「きみを働かせたりはしない」

杉彦は、きっぱり言った。

「もう一度、おやじにたのんでみる。孫が——はじめての孫ができると知ったら、おやじだってきっと考えてくれるにちがいないよ。考えてくれるとも」

「お舅《とう》さまに無理を言って怒らせてはだめよ」

彼女の声は弱々しかった。

「出産費用と、わたしが起きて働けるまでのあいだのことを心配していただけるのだったら……」

「きみは、まったく、おしめのぶらさがった安アパートのかみさんになったようなことを言うんだね」

杉彦は、うんざりしたという顔をして見せた。

「すこしは欲を出せよ。きみは八島産業の一人息子の女房なんだぜ」

彼は、妻のまつ毛の先にひっかかっていたちいさなしずくを指ではじいた。

彼女はにっこりした。

「そりゃ、わたしだって欲はあるわ。しあわせになりたいという、つよい欲が」

——ほんとうに、しあわせというものはいい！　彼女が味わってきたような不幸はもう二度とごめんだ。学校を中途でやめて、喫茶店やアル・サロを転々としたり、〃はだか踊り〃のテストを受けたりするのはごめんだ。支配人のごきげんをとり結んだり、淫売とおなじに見られたり……それからもっともっといやなことの連続をがまんしながら生きていくのは二度とごめんだ。ほんとうに、人間はしあわせであればあるほどよい——。

彼女は夫を見あげた。彼はもう、妻のもの思いなんかに気をとられてはいないらしく、ひくい口笛を吹きながらナイト・テーブルの上の夜光時計をのぞきこんでいた。

「九時二十分か。おやじはまだ起きてるな」

九時二十分。すると、彼女は三十分近く失神していたことになる。気をうしなう直前のことを、彼女は思いかえしてみた。

なにか、みんなで、殺人のこと、八島老人の脳天をぶち割って金を分配するというようなことをしゃべっていたのだ。いや、脳天はぶち割らないことにしたのだっけ——会話の終りのほうは、彼女のまだすこしけだるい頭の中で朦朧とかすんでいた。とにかく、それを聞いているうちに吐き気がどうにもならなくなり、席を立とうとしてめまいを起こしたのだ。吐き気と会話とは、なんの関係もなかった。人殺しの話を——とくに、架空の人殺しの話を聞いて失神するほど、彼女はお上品にできているわけではなかった。

彼女は『レベッカ』のほかに『黒い天使』も『アクロイド殺し』も読んでいた。上手につくりあげられた人殺しや犯罪の話には、奇妙に人を酔わせる、ぞくぞくするようななにかがあるものだ。ちょうど、決してとびかかってくることのない、檻の中の猛獣をのぞきこむときのように——。ところで、吐き気はそれとはなんの関係もないのだ。それは彼女のちいさな赤ん坊が起こしたのだった。

彼女は赤ん坊のことを考えた。まだほんの指先ほどの血のかたまりか、肉の一片にすぎないのかもしれない。しかし、それは、彼女の赤ん坊なのだ……。

うす青い紫陽花をいけた、大きな壺の載っている古風な化粧台の前で髪を撫ぜつけていた杉彦が引きかえしてきた。ベッドの上に身をかがめ、彼は妻の額にそっと接吻した。

「離れへ行ってくる。ここでおとなしく待っておいで」

「わたし、もうなんともないのよ。階下《した》へ行って、お客さんのお相手をするわ」

「あの連中のことは気にするなったら。あいつらのことを考えると、ぼくまでつわりを起こしそうになる」

「あのかたたち、赤ちゃんのこと、もう知ってるかしら」

「竹河が話したにきまってるさ。姉貴も飛驒もがっかりしてるぜ。これでもうおやじだってきみを追い出そうとは考えなくなるだろうし、姉貴たちの策謀のかなう望みはまずなくなったね。さあ、安心して、ぼくが離れから帰ってくるまで静かに休んでいろよ」

「ほんとうに、お舅《とう》さまをこじらせたりしてはだめよ。短気なことを言ったり、したりしては」

「おやじをどなりつけたのは、きみだぜ」

杉彦はにやりとした。

「ぼくはああいう短気なことはしないよ。父親になるんだからね。おちついて、うまくやるよ」

「あのね、あなた——」

「なに？」

「この子はわたしたちの子ね？　あなたとわたしの子なんだわね……」

「あたりまえじゃないか、そんなこと」

杉彦は微笑した。

彼女が愛し、永久にうしなうまいと願ったあの微笑だった。

それをうしなわないためなら、彼女はどんなことでもするつもりだった。たとえ、どんなことでも。

もうすでに父親との交渉がまとまったかのように、彼はひどく上きげんになっていた。

「ぼくたちの子でなくて、どうする？」

と彼は言った。

第六章　そよ風とわたし

「流産のあとは、なんともなかったですか？」

　と緒方警部補は尋ねてくれた。

　ぎこちない尋ねかただった。わたしたちが向かいあっている、変哲もない、ごつごつした木のテーブルみたいな尋ねかただった。

　けれども、わたしには彼の好意がわかった。

　清家弁護士も、わたしのほうをみつめていた。

　わたしが彼のほうを見ると、彼はあわてて視線をそらし、壁のどこか一点に急に関心をひかれたところができたらしかった。

　話がこの問題となると、みんながはれものにさわるようにしてわたしを扱ってくれるのがわたしには少々こっけいだった。

罪を犯していない人間に死刑を言いわたした人たちが、どうして、生まれもしないうちに死んでしまった、つまらない、ちっぽけな赤ん坊のことをそんなに気にするのか？——わたしは考えなおし、今この場ではそんなふうな考えかたはしないようにしようときめた。

すくなくとも今ここにわたしといっしょにいる人たちは、死んだ赤ん坊のこと同様、そのほかのこともいっしょうけんめい考えていてくれる（と思われる）人たちなのだから。

「ええ、どうやら」

と、わたしは答えた。わたしにも、もう、そんなふうに答えられるようになっていたのだった。

「身体のほうはもともとじょうぶだったものですから、それほどでもなかったのですが、しばらくのあいだというもの、気持のショックのほうが……」

警部補は、ちょっとのあいだ、わたしをながめ据えていたが、やがて急いで鉛筆をとりなおした。

有能な警察官にふさわしく、彼もまた〝お涙〟はにがてなのだ。そして、おなじく、有能な弁護士だってそれはにがてにきまっている。

清家弁護士は煙草をくわえた。

彼はそれに火をつけるでもなく、ながいこと唇のすみっこでころがしていた。彼はべつになにも言わなかった。

「それで――」

と、緒方警部補は、一瞬、清家弁護士のほうを見やり、すぐまた、わたしの顔を見てなにげなさそうにうながしたが、今は彼のほうがこの話に熱を入れはじめていることにわたしは気づいていた。

わたしには、それが、たいそう思いがけないことのように感じられた……。

清家弁護士はこれを思いがけないとは感じていないのだろうか？　警部補の反応は、彼があらかじめ計算しつくした所定の道筋で規則正しく打ちあげられた小花火にすぎないとでも言うのだろうか？　今にもっと大きな見せ場がくることを信じて疑わないと言うのか？

緒方警部補は、わたしの思惑などにはかまわず、手帳のページをひっくりかえした。

「――いよいよ核心にはいってきたわけですが、問題はそのあとのあなたの陳述です。私のほうの最初の調書では、あなたは、

『それからしばらくして起きあがったら、主人が義姉と由木弁護士とつれだって離れのほうへ行くのが見えたが、そのあとは、真夜中ごろ、手洗いに一度起きただけでした』

と言い、次には、

『実はその真夜中に、わたしも離れへ行ったのです』

と言い出し、法廷で問いつめられると錯乱状態になって、

『だれもわたしを信じてくれない』

と叫びつづけるのみ、という有様にいたった……。これは、いったい、どういうことなのですか？　私らから見れば、こうした場合、あなたがご主人をかばおうとする心理がなにかにつけて働きかけるということは、はじめから勘定に入れるものなのですが、とにかく、あなた自身のあいまいきわまる発言がかえって捜査や審理を混乱させ、真犯人から目をそらさせてしまった事実は否定できないのですよ」

「申しわけありません、あのときはとり乱して」

と、わたしはあやまった。

「あのときは、自分でも、どうしていいのかほんとうにわからなかったのです。とにもかくにも、主人の犯行のように見せかけただれかをさがすことばかり夢中になっていたものですから——万が一にも、主人に疑いがかかるようなことがあってはならないと、それればかりお題目のように考えつづけていたものですから」

わたしのこの弁解は、警部補はもうとっくに聞きあきているはずだった。まったくの話、わたしはこの言葉をお題目そっくりに百万だらくりかえしてきたのである。

ほんとうのことをいうと、わたし自身にしてからが、この言葉にはもうあきあきして

いた……。

「すると、あなたは、ご主人が寝室を出ていってしばらくしてから、ベッドを起きあがったのでしたね？」

「はい。下着のままでは寝られませんので、寝間着に着かえようと思ってベッドをおりました」

「あなたがた夫婦の寝室の窓からは、庭と、そこを縫って離れへ通じる小径が見おろせる。離れのお舅《とう》さんの部屋の窓も、植込みにさえぎられてはいるが、一応見える。離れへ往復する人間は、どうしてもその小径を通らなくてはならない。離れには、玄関と、茶室のにじり口との二つの出入り口があるが、茶室のほうはここ何年もしめ切ったままだ。離れの裏手は、山林へとつづく切り立った赤土の崖でしたな？」

「はい——衣裳戸棚のほうへと行きながら、わたしはふと、窓の下を見おろしました。そのとき、三人の人影が小径を離れのほうへと行くのが見えたのです。月夜でしたし、離れの窓も明るく、小径には常夜灯もありましたので、その人たちの姿はわたしにはよく見えました」

「ご主人とお姉さんはなにかはげしく口論し、由木弁護士がそれをなだめるように手で制しながらついていくところだった……。最初の調書では、あなたはそのこともわざとかくしていたが」

「主人の不利になるようなことは言わないほうがいいと、単純に思いきめていたのです——。三人の姿が植込みの向こうへ消えるのをながめていたわたしの心には、かすかな危惧がわいてはきましたが、わたしはそれを打ち消しました。

（もういいのだ。わたしの出る幕は終った。わたしは夫にすべてをまかせて、じっと成行を待っていればいいのだ）

わたしは寝間着に着かえ、まだすこし足がふらつくような気がしましたので、フロア・ランプを消してもう一度ベッドに横になったのです。そうしていればらくでしたし、吐き気はとまっていました。わたしは疲れて、ぐったりして、とても充ち足りた気分になっていました。

あけ放した窓からは六月の夜風が流れこみ、庭のくらがりの燈心草《いぐさ》のかげでは若い蛙が遠慮がちに鳴いていました。月が空にのぼり、あたりはとても静かで、応接間のほうからはひくいギターに合わせた唄声が聞こえてきました。《いつかまたあなたは帰ってくるだろう、そのときまで私の心は……》美紗子さんがつれづれにステレオをかけていたのでしょうか、あの、夏になると人々が思い出したように口ずさむ、古いワイキキの恋の歌です——。わたしはそれさえもうるさいとは思いませんでした。階下に義姉《あね》たちをほったらかしにしてきてしまったこと、義姉が決してわたしを好いてはいないこと、美紗子さんのこと……そんなものはもう、みんなみんな、わたしの頭から消えていきました。

わたしは、うすいネグリジェの上からおなかにそっと手をあててあおむけに横たわったまま、赤ん坊のことばかり考えていました。けさ、芝生の隅で見つけた四つ葉のクローヴァのことを思い出し、わたしは自分の赤ん坊がしあわせになるにちがいないと確信したのでした。この二カ月あまりのあいだにはじめて、安らかな眠りがわたしをおとずれてこようとしているのをわたしは知りました。わたしは眼をとじ、未来のことだけを考えようとつとめました……やがて眠りが、なぎさの砂粒にしみこむ、暗い泡だつ水のようにわたしのまぶたにしみとおってきました。自分でもわからないうちに、わたしはねむってしまいました……」

第七章　死　体

次に眼をひらいたとき、彼女は部屋の中が冷えびえしていることに気がついた。あけ放したままの窓から月光が射しこんでいた。

(どうしてあのひとは窓をしめてくれなかったのだろう?)

彼女はとなりのベッドを見た。夫はそこにいた。彼はよくねむっているように見えた。ぬぎ捨てられたワイシャツや靴下がそこらじゅうに散らかっていた。家の内外はしんと静まりかえり、蛙の声もステレオの音楽もやんでいた。

彼女は起きあがってスリッパをつっかけ、かたわらの白いシフォンのナイト・ガウンを羽織った。初夏とはいえ、郊外の丘の上の夜は思いがけないほど冷えることがあるのだ。

彼女は時計を見た。

（十二時三分——彼はいつ戻ってきたのだろう？　話はうまくいったのかしら？）

ゆり起こしてまで話の結果を尋ねることはためらわれた。夫だって疲れて寝入っているのだ。明日の朝になればなにもかもはっきりする。

彼女は音をたてないように窓をしめ、カーテンをひいた。離れの窓に灯が見えた。舅はまだ起きているらしい。

一ねむりしたせいか、気分はすっかり回復していた。化粧も髪も昼間のままなのを思い出すと、それが急に気になりはじめた。階下の洗面所へ行って、顔と手とを洗いたかった。

ガウンの衿元をゆるやかにかきあわせながら、彼女はそっと寝室を出て階段をおりていった。

洗面所は廊下の突きあたりである。脱衣室をはさんで、となりは浴室だった。廊下の左右には、居間、応接間、書斎、客用の日本間、女中部屋、台所などが並んでいるが、どの部屋も暗く、ひっそりとしていた。

義姉夫婦や美紗子たちは、日本間に床をのべさせてねむったのだろう。

由木氏《とし》はヒルマンをガレージから出して、家路についたのか？　真夜中のドライヴは、あの年齢ではさぞこたえるにちがいない。

竹河医師は？　彼は帰ったかもしれないし、応接間のバーで酔いつぶれて、ソファに眠りこんだかもしれない。帰れなくなると、女中にたのんで毛布を持ってこさせ、応接間のソファで一夜を明かしていくのは彼の十八番だから。

彼女は、しとやかな猫のように廊下を歩いていった。足音をたてないように歩くのも、この家へ来てからいつか身についた癖だった。寝室用のスリッパは、そのためにはとても都合がよかった。

（だれかが洗面所の灯を消し忘れている——）

洗面所のとなりの脱衣室の灯も、その向こうの浴室の灯も、煌々とともされているのに気がついたのは、洗面台の蛇口をひねろうと手をのばしかけたときだった。

ポチャン、ポチャンという音が浴室のほうから聞こえてきた。入浴している人間が退屈まぎれにてのひらに湯をすくってはこぼしているような、あるいは湯の表面を指先でかるくたたいているような音。夜の静寂《しじま》の中でなければ聞きのがしてしまうような、ちいさな音……。

蛇口に手をかけたまま、彼女は目の前をながめた。洗面台の上にはめこまれた大きな鏡には、若い女の、とまどったような、沈んだ顔が映っていた。鏡の前の棚の上には、電気剃刀やローションの瓶にまじって、ゲランの石けんの新しい空き函がひとつ。すみれの匂いのする洗い粉がその横にほんのすこしこぼれていた。

脱衣室と洗面所との境いの扉は半びらきになっていた。彼女はひっそりと立ちつくした……。

　ポチャン、ポチャンという音といっしょに、忍びやかな女の声が聞こえてきた。

「こうして夜ふけてお風呂へはいるのがあたくしは大好きなのよ。考えごとをしながら、ゆっくりと何分間でも浸《つ》かっているの——。お志瀬が新しいっていうから、今夜このお風呂へもはいる気になったんだけれど」

「おばさまはどんな考えごとをなさるの？」

「いろんなことね……とてもいい考えが浮かんでくることだってあるわ」

「たとえば？」

「たとえば、あの女の子供のことよ」

「おめでたなんですってね、あのかた……。杉彦さん、うれしいでしょうね」

「おめでたいのは杉彦のほうよ」

「え？」

「あの能足りんは、どこかよその男の荒らした畑をかかえこんで有頂天になっているわ」

「——それ、どういう意味ですの？　おばさま」

「あなたもまったくねんねえだわね。生まれてくる子供が杉彦の子だかどうだか知れたものじゃないってこと。できるのもすこしばかり早すぎるわ、いくらそれしか能がないといったって」

湯をすくってはこぼす音。入浴している女が、全身にあたたかい薔薇色の血液がめぐりはじめるのを待つあいだ、ものうげに指先をひたしては湯を乱す音——。

「ですけれど——結婚なさったのは四月の末でしたけれど、知り合われたのはもうすこし前からでしょう? わたくしのお友だちで、二カ月にもならないうちからひどい吐き気がして困ったっていう人もいましてよ」

「そりゃ、あの女のことだから、杉彦と知りあったその晩からでも寝たでしょうよ。そういうところがああした女たちのいいところなんだそうだからねえ。それとおんなじことを、その前に、どこのだれとどれだけやっていたか、あのおばかさんはどうして考えてみないんだろう?」

「でも、あのかた、そんなふうな女の人には見えませんわ。とてもいいかたのように見えますわ」

「いやあねえ、あなたみたいなお嬢さんは、だれでも自分とおんなじようにして生きていると思っているのね……第一、あなたがそんなことを言っていたんでは困るじゃないの。あなたはあの女に杉彦を奪《と》られたんですよ。あんな莫連女にひっかかるくらいだったら、あなたとの縁談《はなし》をなんとしてでもまとめてあげたのにねえ。あたくし、あの女がじいっと息をころしてこちらをうかがっているのを見ると、背筋がぞおっとしてくるの。

なんと言ったらいいのかしら、つまり、あたくしたちに気に入られよう気に入られようとして、自分はいい子なんです、この家のためにつくすんですっていうようなことを安っぽい旗じるしみたいにふりかざしているのがありありと感じとれるのね。そのくせ、心の中では、この家の財産のことを一秒だって忘れたことはないにきまってるのよ……杉彦はすっかり鼻毛を読まれているけれど、あれも根はお坊っちゃんなんだわ。子供のことに気がつけば、いくらなんでも目がさめるだろうし、そうしたら、あらためてあなたと夫婦にさせるわね。こう見えても、あたくしは心では弟のことを心配しているのよ。杉彦はあのとおりのわからずやだから、あたくしたちのすることを一から十までひねくれて受けとるけれどもね……あの女とのことは、あの子のさいごのお道楽として忘れてやってちょうだい。それでなくても、あなたは、

『あの杉彦さんでいい』

って言ってたんですものね。そうなれば、お父さんだってよろこぶだろうし、八方まるくおさまるのよ」

「でも――杉彦さんの子ではないとわかったわけではなし、おきのどくですわ。それに、あのかた、杉彦さんを心から愛していらっしゃるように見えますもの」

「あら、美紗子さんだって杉彦を〝心から愛している〟んじゃなかったの？」

「杉彦さんはわたくしのことなんかおきらいです――」

「そんなことあるものですか、あのころ、二人してよく踊りにいってたじゃないの。あなたたちが裏庭で楽しそうにしているところだって、あたくし、何度も見ていることよ」

「わたくしたち、ほんの子供でしたわ……でも、わたくしがあのひとのことをどう思っているかをおばさまから仄めかしていただいたときあたりから、あのひとはわたくしから遠ざかるようになっていったんです」

「なにを言っているのよ、だれだってあなたと杉彦とがいっしょになるものと思っていたんですよ。あなたをきらうなんて、もしそんなことがあるとしたら、それはあの子に見る目がないのよ。あなたをお嫁さんにすれば、家や会社にとっても、自分にとっても、どんなにとくになるかということまで考えがとどかないのね。あのつむじまがりは、もしあたくしがあなたとの縁談《はなし》を仄めかしたりしなかったら、かえってあのまま素直にあなたを欲しがっていたかもしれないのよ。なのに、あたくしが間にはいっていると知ったとたんにわざとつむじをまげて、あんな女を拾ってくるんだからねえ……つまり、あの子があの女を拾ってきた裏には、あたくしたちに対するあてつけがましい示威運動があるだけなのよ。あの子は、あなたでない女なら、あなたと正反対の女なら、だれだってかまわない、といったような調子であの女を選んだんじゃないかしら。そうよ、あの子はあの女でなくたってかまわないのよ。あのわがまま息子のやりそうなことですよ

――。でも、まあ、あの女の妊娠はいいきっかけをこしらえてくれたわけだわ。あたくし、竹河を問いつめてやったけれど、竹河だってはっきりしたことは言えやしなかったし、離れへ行ったときもそのことはうんと言ってやったのよ。お父さん、仏頂づらをして聞いていたわ……。いえ、たとえ、それが杉彦の子だったとしてもよ、あんな女にこの家にはいりこまれて、あたくしがだまっていられると思って？　美紗子さん、あなただって杉彦のこと、あきらめきれはしないんでしょう？　だったらあの女を追い出すのに協力なさいな。あの女は悪人ではないかもしれない。あれでほんとうに杉彦のことを愛しているのかもしれない。でも、あの女は、人間の分《ぶん》というものを知るべきだわ。あの女は分を侵したのよ。笑顔や甘い言葉がばか男どもの心をとろかすように、あの女は人間の分をとろかしこめると思っている――でも、彼女はあたくしたちの世界へははいれないのよ。はいってきてはいけないのよ」

湯桶のふれあう音と、ほとばしる水の音がしたが、彼女はそこまでは聞いていなかった――。

音をたてずに廊下へ出られたのは、めっけものだった。手のふるえはとまらなかった。その手を彼女はむりやり胸に押しあてた。両の乳房をしっかりと抱きしめるようにした。

（ぶるぶるふるえて、怒って、丸太ン棒のように突っ立っている場合じゃない）

彼女は自分に言って聞かせた。

(すぐにお舅《とう》さまのところへ行って話そう！　この子は杉彦の子にまちがいないと。だれがなんと言おうがまちがいないと)

暗い廊下をうろうろと彼女は歩いた。離れへ行くなら、玄関をあけるか、勝手口を通るか、応接間の外のテラスを抜けるかして庭へ出なければならない。勝手口をあけたら女中が目をさますだろう。玄関をあけるのもはばかられたから、応接間を通り抜けていくことにしよう。テラスへつづくフランス扉をあければ、すぐに小径へ出られる。まだ十二時をすぎたばかりだから舅《ちち》は——いや、ついさっきまで離れには灯がついていたのだ。だから、今すぐ行けば……。

応接間の灯をつける必要はなかった。月光が窓いっぱいに明るく射していた。気が転倒していたものと見え、通りすがりにソファにぶつかって彼女は手をついた。手がなにかに触れた。人間の足だった。

足はゆっくりと組みなおされ、ソファの上に竹河医師の半身が起きあがった。

竹河医師は、月あかりの応接間をすかし見て、眼をしばたたいた。

「こいつはおどろきましたな、奥さんでしたか」

「すみません、おやすみになっていたこと、ぜんぜん気がつきませんでした」

「いや、こんなところでのびてるとは自分でも知らなかった」

医師は身ぶるいし、あくびをこらえながら、手首にはめたままの腕時計をながめた。

バーにも、ソファの前のひくいテーブルにも、グラスや酒瓶、氷のとけた銀製のアイス・バケツ、吸いがらでいっぱいの灰皿などが散らかっていた。吸いがらのいくつかは灰皿をはみ出してテーブルの上にきたない黒い燃えかすを落とし、また、他の何本かはそのフィルターの先をかすかな紅に染めていた。

竹河医師は顔をしかめてそれらを見わたしてから、彼女のほうへ向きなおった。

「今から庭へ？」

この男は他人のすることにすこし関心を持ちすぎる、と彼女は考えた。いや、こんな時刻にナイト・ガウン姿で庭へ出ていこうとしている女を見たら、だれでもこんな顔をして見せるのだろうか？

（どうして医師はあんなふうにわたしのほうをじっと見るのだろう？）

「いいえ、離れへ——」

「ほう……しかし、社長はもう寝てしまったでしょう」

「灯りがついているのが見えましたわ」

「消し忘れているのかもしれない。まあ、奥さん、なんの話があるのかは知らないが、こんな時刻に老人をたたき起こすこともないでしょう。どうです？　そこのバーで一杯……ああ、そうだ、あなたは飲んではいけない身体だったんだ。それだったら、せめて、相手をしてくれるだけでもいい。ところで、いかがです？　気分はよくなりましたか？」

「ああ、そうでした、さっきはありがとうございました。おかげですっかりよくなりました――けれど今は、わたし、急ぎますから」

「まあ、そう言わんで、こちらへ来てゆっくりしませんか」

「わたし、あなたに、サービスする義務はありません」

すこしむっとして彼女は答えた。

医師はカラーをゆるめながらのっそりと立ちあがった。

「たいそうじゃけんになさるが、一杯つきあえと言われてそうおかたくことわるほどのお育ちでもないでしょう？　それに、さっき――」

彼はかるいげっぷをした。

「ぼくがここで一人で飲んでいたとき、飛騨の奥さんがやってきて、どんなことを尋ねていったかを知ったら、あなたはぼくにじゃけんにすることはできなくなるはずなんですがねえ」

彼女は医師のほうを向いた。彼女の瞳孔は闇をさぐる猫のそれのようになにかをさぐっていた。つとめておだやかに、彼女はゆっくりと言った。

「わたしの言いかたがお気にさわったのなら許してください――でも、踊っていたころだって、わたし、だれとでもおつきあいしたわけではなかったのです。そして、今はもう、八島の妻ですわ、ミミイ・ローイではなくて」

「その通り、たしかにあなたは八島家の令夫人だ、今のところは、たしかに。身持ちのいい、貞淑な八島杉彦夫人。泥沼の中に咲いた一輪の清浄な花、八島杉彦夫人、か。だがね、奥さん、あなたはほんとうに清浄だったんですかね？　踊っていたころ、ほんとにだれとでもつきあいはしなかったんですかね？」

「酔っていらっしゃるのね」

彼女はひくく言った。

「さっきおっしゃったことも、やはり冗談なのですか？　義姉《あね》とあなたが話したことで、わたしがあなたにやさしくしなければいけないというのも」

「いけないということはないですよ。あなたが、その必要はないとおっしゃれば、それまでのことなのですから、ぼくには、あなたに強制する資格はありゃしません」

竹河医師は彼女の真正面に立っていた。医師の背丈がとても高いのを、彼女ははじめて感じた。彼女の頭はようやく彼の胸にとどくきりだった。

「洛子さんはあなたの妊娠を聞くか聞かないうちに、そのことに関して実に興味ある質問をつぎつぎと放ちましたぜ。が、なにしろ、ぼくは産婦人科の医者としてここにいるわけではないから、どの質問に対しても、

『はっきりしたことは言えないが』

というマクラなしでは、なにひとつ答えることはできなかった。昔、すこしわるいことをしたおかげで、今は内科一般ということになっているこのぼくにも、あなたの身体がすでにはっきりと妊娠四カ月にはいっているのがわかったことなど、もちろん、一言もしゃべりはしなかった」

「――――」

「これからだってぼくをしゃべらせずにおくのはたやすいことです。それどころか、あなたの心次第で、洛子夫人の下心《したごころ》あるかんぐりを〝医学的証明〟という大義名分のもとに一蹴してあげることもできるし、気ごころの知れた産科医を紹介してさしあげることもできる。二カ月と四カ月の差なら、それほど大きくちがうわけではない。ことに、初産《ういざん》の計算なんぞは狂うものです……。しかし、それはそれとして、いつぞやあなたはぼくに言いましたな、あなたと杉彦くんとはこの四月はじめまでは顔も知らぬ間柄だったのだと。そして、ぼくがこの家に忠実な主治医として、この家の血統の正しさを大いに重んじなければならぬとなると、問題は少々大きくなってくる。杉彦くんはなにも知らなかったというわけですか？　奥さん。しかし、事実が語っているのだから仕方がない、彼が見そめたころ、《レノ》のミミイ・ローイはすでに妊娠していたのだ――」

全身の力が急激に抜けていくのを彼女は感じた。

さっき、洗面所でこみあげたのは、怒りだった。はげしい怒りと、

『なにくそ！』

という闘志だった。

しかし、今、彼女の脳裏をかけめぐっているものは、暗澹《あんたん》たる失意だった……。

ソファの背に彼女は手をついた。倒れそうになりながら、その手に全身の力をこめた。

(しっかりしなくてはいけない。ここまで来たのだ。ここで負けてはだめ、どんなことがあっても負けてはだめ)

彼女の肩は、つよい力に支えられた。消毒薬くさい、骨ばった、白い指の力に。

「あなたの不利になるようなことは言いませんよ」

と、医師はささやいた。

「あなたが無事に身二つになり、この家の妻の座と財産とをしっかり手に入れることのできる日まで協力しますよ……。あなたもせっかく度胸を据えて乗りこんできたこの家だ。腹の子がどこの薄情野郎のタネかは知らないが、八島家の令孫として日のあたる道を歩かせてやりたいのはやまやまでしょう?」

「――だまっていてやる、とおっしゃるのですか?」

「この口が裂けても、と見得をきりたいところだが、残念ながら、ぼくも世間並みのごくきたない男でね。こういう取引には必ず条件を出すことにしているんです」

指に、さらに力がこもった。

「ミミイ・ローイ、あなたはすばらしい。ぼくが欲しいと思った、たった一人の女があなたなんだ。あなたがこの家へ来た日から、ぼくはあなたをこの手に抱くことばかり考えていた。ぼくは、こと志とちがって博士号もとれず、古い話だがモグリ中絶でみそをつけ、今や世間から見放されかけたやぶ医者だ。ぼくがここの家で喰いつないでいられるのは、ぼくがこの家に劣らずいい家の生まれなのと、ここの人間があまり病気をしないせいなんです。没落したぼくの生家は、毛並みのよさと米びつのかるさとが二つながら逸品と言われた家だった。さいわい、親同士が胸襟をひらいた間柄だったので、どうやらぼくも八島財閥の余光を拝し、ここの家には学資万端、そのほかいろいろな面でさんざっぱら面倒をかけてきましたがね。もっとも、そんなものは、ここの家の道楽坊っちゃんが湯水のように使う金にくらべたら噴き出したくなるような額にすぎないが。しかし、ぼくはいつだって彼に遠慮し、彼にひけめを感じながら生きてきたと言えるんです。ぼくは秀才ではなかったかもしれないが、すくなくとも、だれかさんのような低能の女たらしじゃあなかった。だのに、ぼくはいつだって彼に頭を下げて……失礼、よしましょう、こんな話は。ともかく、あの男はぼくにとっては恩人の息子なんだし、あなたにとっては愛する夫なんだから。ただ、彼の所有品《もの》を奪ってやるってことがぼくには肉欲以上の快感をそそるんだということをあなたに知ってもらいたかったんです。こんなにもみごとな、こんなにも充実した、彼の所有品をね」

医師の指がゆるやかに女の背をすべり下りた。彼の声には抑揚がなく、口説《くぜつ》とも愚痴ともあるいは呪詛ともつかぬ、一種の荒廃した調子をたたえていた。

「だからといって今のぼくにはあの男にタテつく力はない。ここの主治医というまことにありがたい職をうしなったら、ぼくにはおそらく、一人の患者もとれはすまい。あなたの秘密や野心をぶちこわすつもりは、ぼくには毛頭ないんだ。一度だけでいい、あなたをミミイ・ローイとして抱いてしまったら、そして、あなたがこの家の主婦として、ぼくという〝使用人〟のクビを永くつないでおいてやろうと考えてくれるのなら、奥さん、ぼくはすすんであなたに協力しよう」

白い、ながい十本の指の中で、彼女の肩がぐったりと崩《くず》おれた。

頸《くび》を折られて死んだ小鳥のように、彼女は医師の胸に頭をだらんと垂れた。

「あのひとをだますつもりはなかったのです」

彼女の声はとてもひくくて、かぼそかった。彼女の身体は熱病患者のようにとめどなくふるえはじめた。

「あのひとは過去のことをくどくど尋ねたりはしませんでしたし、わたしも自分が妊娠していると、はっきり知っていたわけではないのです。一月《ひとつき》やそこらの身体の変調は、わたしたちの仕事にはよくあることでした。それに、もし、ひょっとして、ほんとうに妊娠したのだったらと考えると……」

　ちいさく彼女はあえいだ。

「わたし、その子の父親がどうしても欲しかったのです。わたしをおもちゃにしては捨てていった、金も愛情もないけだものたちではなく、やさしい、りっぱな父親が」

○

　八島杉彦夫人が、六月八日の夜——というより、六月九日の午前零時十八分ごろ、応接間のフランス扉からテラスへ、そして小径へと、のがれるように出ていくことができたのは、竹河医師の腕の中に身をあずけながらも、押しつけられてきたウイスキーくさい唇を無意識に避けてかるくもみ合ううち、ふいに医師が力をゆるめたからである。

　彼はなにかに気をとられたように庭のほうを見やり、彼女の肩を放した。

　身をすさった彼女は、フランス扉に背を向けたまま、乱れた髪や衿をなおし、息をはずませてささやいた。ちょっとのあいだ、彼女は、昔の、蠱惑《こわく》的なミミイ・ローイにかえったかに見えた。《レノ》のうすぐらい楽屋裏で、靴下どめをなおしながら何人かの男たちを流し目に見あげ、おなじような言葉を口にしたことのある、あのすさんだ、美しい女に。

「乱暴ね、なにも今夜でなくたって——」

医師はソファへ腰を落とし、飲みのこしのグラスのひとつをとりあげて一口にあおった。

「早く離れへお行きなさい。ぼくは朝までもう一ねむりします」

フランス扉をあけようと、わななく手をさしのべながら、彼女はもう一度ふりかえったが、医師はもうソファにながながとのびていた。

（この人のすることには、いつでも、ほんのすこしずつわけのわからないところがある……）

扉が難なくひらいたのを、彼女はふとふしぎに思った。鍵がかかっていなかったのだ。女中が鍵をかけ忘れたのか？

いや、杉彦たちが離れから母屋へ戻ってくるとき、ここを通ったのだろう。そのとき、だれも鍵をかけなかったのだ。

テラスにいくつかそろえてあるサンダルのひとつにはきかえた彼女は、ガウンの裾を気にしながら小径を走った。月の光の下で、彼女の姿は、一輪の大きな白い木槿《むくげ》がただよっていくのに似ていた。

初夏の深更の、昏《くら》い涼しい闇があたりに立ちこめていた。月光と常夜灯のおかげで足もとはあぶなくはない。

離れの玄関の格子戸が五センチほどあいていた。廊下の灯がそこからななめにもれてくる。彼女はあたりを見まわし、思い切って中へはいり、格子戸をきっちりとざした。

離れには部屋が二つあり、一方は八島老人の起居する十畳の日本間で、そのとなりにこぢんまりした茶室がある。灯のついているのは廊下と老人の居間である。灯は、青海《せいがい》波《は》にかもめを配し、『鬨《とき》の声と聞こえしは浦風なりけり……』の一節をあしらった〝八島〟にちなむ透かし彫りの欄間《らんま》からあかるくもれてくる。

彼女は胸の動悸をしずめた。

いったい、なんだってこの夜中にこの姿で老人の前へ出ようというのか？　ふいに彼女はおそろしくなり、このまま逃げて帰ろうかと思った。彼女は、振りもきっかけも知らずに客席の真中へせり上げられた、ひとりぼっちのぶざまなストリッパーだった。逃げていくところはない。嘲笑の中で彼女はスカートをはずすだけなのだ……。

「お舅《とう》さま」

彼女は襖をあけた。

凝った普請の日本座敷である。その中央、東に面した雪見障子を背に、八島老人の寝床がのべてある。リュウマチになやむ老人は、最近は昼間でもその上にいることが多いのだった。

八島老人は今もそこにいた。彼は華麗なしゅすの羽根ぶとんと嵩高《かさだか》なパンヤの枕の上にうつ伏せに仆《たお》れていた。彼の、はげあがった、うす桃いろの後頭部が、まるでざくろのように——。

血はあたりに点々と散っていた。たいした量ではなかったが、白いカヴァーをかけた掛ぶとんの上にあざやかなしみをのこしていた。厚くかさねたマットレスのために、老人は玉座の上で暗殺された不運な王様のように見えた。

枕もとに近い畳の上に、血のこびりついた青銅の文鎮がころがっていた。文鎮をとりあげられたあとで風にあおられたのか、文机の書類が二、三枚落ち散り、机には桃山風の手筥《てばこ》と硯と筆とがほうり出されていた。螺鈿《らでん》の細工を松ぼっくりのように盛りあげた、底の深い、古びた手筥だった。部屋の中はそのほかには変わったところはなかった。金庫はきちんとしまっていた。

——彼女は叫んだようだった。叫びながら、その声が声にならないでどこかへ吸いこまれていくのを感じた。へたへたとひざをついたが意識はしっかりしていた。頭の片隅で、精巧な時計の秒針のように彼女は休まずくりかえしていた。

(負けてはだめ、こんなことぐらいで負けてはだめ……)

彼女は文鎮を手にとった。夫の指紋がのこっているなら拭きとってしまおう。ガウンのポケットをさぐると、うすいローンのハンカチが出てきた。それで文鎮をこすった。血がハンカチにしみついた。胸がむかついたので文鎮をそこへほうり出し、ハンカチをポケットに押しこんだ。まだなにかかくすものはないかとあたりを見まわしたが、間抜けな犯人がよくやるようにはライターも服のボタンも落ちてはいなかった。

ただ、ふとんのかたわらに鍵がひとつ忘れられてあるのを彼女は発見した。どこの、なんの鍵なのか？　反射的に彼女は、いつか小径で行き逢った老女中の志瀬の手に光っていたもののことを思い出した。彼女がそれに目をとめたのを知ると、志瀬はわざとそれをつまぐって見せたのだった。

『――これはお離れの玄関の鍵でございますよ』

彼女はそれをはっきり見おぼえたわけではなかった。むしろ、あのとき彼女はそうした品にもの欲しげな関心を示さないようにしようと心がけたつもりだった。だから、彼女には、そこに落ちている鍵がはたして志瀬の教えた品と同一であるかどうかわかりっこなかった。しかし、夢中でそれを拾いあげて拭き、元のように落とした。犯罪の現場に手をつけてはいけないという、小説本仕込みの漠然とした知識のかけらと、夫を守ろうという意識とが彼女の内部で奇妙にからみ合っていた。

寝床から手をのばせばとどく茶卓の上に、老人のものらしい九谷の湯呑みと、客用の茶碗が三つ載っていた。どれにも飲みかけの茶が冷えてよどんでいる。

(ここへ来たのはあのひとだけではなかった……)

まったく突然（夫が父親を殺すわけがない）という信念が彼女の心にわきあがってきた。子供が生まれることをあんなにもよろこび、父親との和解をあんなにも期待してい

た彼がどうして父親を殺すのだ？　彼は言ったではないか、

『おちついて、うまくやるよ』

と。

舅《ちち》は話を聞きとどけてくれなかったのか？

そうだ、きっとそうだ。

でも——殺してしまうということがあるものか。殺してしまってはなんにもならないではないか。

夫が老人を殺したとしか考えられないわけではない、と彼女は思った。だれにだって殺人はできる。杉彦が父親を殺したと、なぜ決めてしまえるのか？　夫が父親を殺すはずがない。夫が殺したのではない。夫であってはならない……。

眼は死体に釘づけにしたまま、彼女はそろそろと後ずさりをし、盲人が手さぐりするように手を動かして、部屋の電灯のスイッチをさぐりあてて消した。そうすることによってこの惨劇の映像《イメージ》が永久に葬り去られると信じてでもいるかのように——。部屋は暗くなったが、月光が雪見障子をほの蒼く照らしていた。

彼女は廊下の灯も消した。吐き気をこらえながら彼女は離れの玄関を忍び出た。

第八章　悪夢とわたし

「どうしてすぐに事件の発見をみんなに知らせなかったのです？」

　わたしに向けた緒方警部補の表情には、あからさまな非難はなかった。刑事としての永年の経験から、どんな事件にもばかげたわからずやの一人や二人は必ずつきものだということは彼ももうあきらめており、ただこの場合、それがこの若い女――それほど常識のなさそうにも見えない（もちろん、それほど頭がいいとも見えないが）――であったという事実にわずかに興味を感じているといった態度だった。彼は、捜査に重大な齟《そ》齬《ご》を来たさせた浅はか者を難詰するというよりは、複雑怪奇なゼンマイ人形の内部を観察する玩具《おもちゃ》屋《や》の主人みたいな顔でわたしをながめていた。

　そのかたわらで、清家弁護士は煙草を唇でころがすのはもうやめたと見え、今度はなんとはなしに髪の毛などをいじっていた。

彼がなんとも言わないところを見ると、わたしのしゃべってきたことはべつにまずいことではないにちがいなかった。

だが、わたしは、彼になにか言ってもらいたかった。なんでもいいから一言、わたしの心を休めさせ、勇気づけるような一言を。たった一言でいいから、なにか、そこへすわりこんで煙草をくわえたり、髪の毛を掻いたりする以外のことも彼にはできるのだということを証明するようななにかを言ってもらいたかった。

わたしはすこしずつ疲れてきていた。わたしには励ましが、応援が必要だった。

「――それがまたわるかった」

と警部補は言った。

「あなたが現場、それも、犯行に用いられた凶器なんぞまでいじくりまわしたりせず、すぐに警察を呼んでいたら、事件はあっさり解決していたでしょう。そう、まったくの話、この事件は事件自体としては決してやっかいなものではなかったのです――あなたがたご夫婦だって、こんなことにならないですんだかもしれない――。あなたがくだらないまねをするから、とんでもない結果が生まれてしまったんだ」

「申しわけありません」

また、わたしはあやまった。警部補の言うことはまさしくそのとおりで、わたしには抗議の余地がなかった。

「まあ、今さら言ってみたところではじまらない。女の人ってものは、どういうわけだか、よくそんなことをやらかすものです——。ところでと、離れを出たあなたは母屋へ戻ったんでしたね？　テラスから応接間へと、出てきたときの通りに」

「そうです。彼女はそうしました」

はじめて、清家弁護士がわたしのかわりに声を発した。

彼は、わたしが疲れて、声をからしかけていることにようやく気がついたのかもしれない。

緒方警部補は、じろりと弁護士に横目を走らせた。

「私は、この女《ひと》に尋ねているんですぞ。どんなこまかい点にも正確を期するのが、私の性質だから」

「けっこうなご性質だが、たしかめて正確を期した事実からなにかを引き出す判断力のほうが問題なのではないでしょうかな。細部にこだわって大局を忘れると、しばしば——」

「いつ私が大局を忘れた？」

緒方警部補が大声を出したので、わたしはびっくりして身体をかたくした。

ところが、清家弁護士のほうは至って平気な顔をしていた。

「いや、一般論を申しあげておるのです」

と彼は言った。

「とくに、この事件のような、一見単純と見える性質のやつは、見る者にしばしば大きな誤謬を植えつけるものでしてな」

この弁護士はわたしに劣らずばかだ、とわたしはきめた。今ここで、警部補を怒らせてどうすると言うのだろう？　これでは、まるで、苦労してこわごわ家まで持ちかえってきたババロア・ケーキの箱の上に、たくあん石を載せるようなものではないか。

さらに、そのあと、わたしがいっそうおどろいたことには、緒方警部補がこれらの言葉に対してべつだん怒り出した様子もなく、席を蹴って立つようなこともせず、ふたたび、その鈍重そうな視線をわたしのほうへと向けたのである。

わたしはほっとし、同時に、今までになく不遜きわまる考えを心にいだいた。すなわち、

（ひょっとすると、この警部補もばかなのではないか？）

というのである。

たしかに、こんな暑くるしい部屋にじっとすわりこんで、あてにならない女の、あてにならない供述を辛抱づよく聞きつづけるなどということは、もし、利口な警察官なら……。

「応接間を通り抜けるとき――」

緒方警部補は、わたしの感懐とは関係なく、質問を再開した。

「ソファで寝ている医者のことが気にならなかったのですか？」

「気になりました」

と、急いでわたしは答えた。

「あの人がねむっていなくて、またなにかからまれでもしたらどうしようと心配でした。わたしは一刻も早く寝室へ戻りたかったのです。でも、フランス扉からそっと様子をうかがいますと——フランス扉のわきに、身を忍ばせるのにちょうどいいエニシダの茂みがあるのです——ひくいいびきが聞こえてきましたので、足音を忍ばせて応接間を通り抜け、二階の寝室へと戻りました。気が立っていたと見えて、廊下や階段で一、二度つまずいたような気もいたしますが、夢中で部屋へはいりました」

「ご主人はどうしていました？」

「彼はやはりベッドでねむっていました。わたしはその様子を見とどけてから、ガウンのポケットにつっこんであった、血のついたハンカチをかたくまるめて、化粧台の上の紫陽花をいけた大きな壺の中に捨てました。そのとき、手とガウンについていた血も拭きとりました。

そして、ガウンをぬいで椅子の背にかけ、そっとベッドへはいろうとしますと、ふいに主人が眼をひらいて、毛布をふかぶかとあごまで引きあげながら、

『どこへ行っていたのだ？』

と尋ねました。

わたしが、トイレットへ行ったのだと答えますと、彼はなにか言いたそうな顔をしてわたしを見あげましたが、なにも言いませんでした。

そこで、わたしは思い切って、

『あなたはお舅《とう》さまのところからいつ戻っていらしたの？　お話はうまくいって？』

と尋ねました。

そして、自分自身の動揺をさとられないように気をつけながら、それとなく彼の反応をうかがいました。もし、万一、彼が父親を殺したのであったならば、きっと今、わたしにそのことを打ちあけるにちがいないと思ったからです。

そうしたら、わたしも、あそこを見たことを打ちあけよう、そして二人で助けあい、知恵を集めて、なんとかこの事態を切り抜ける算段を考えようと思い、まるでそれがなにか、わたしたち夫婦二人だけの心をつなぐ、秘密の楽しみででもあるかのように勇みたちはじめたほどです……。

でも、彼は、そんなことを打ちあけたりはしませんでした。

彼は、しばらくだまってわたしの顔をながめていましたが、やがて、ひどく力ない声で、

『あいつ、とうとういい返事はしてくれなかったよ』

と言いました。

わたしは思わず彼の顔を見かえしましたが、しいて平静をよそおって、もう一度尋ねてみました。

『そう……？　子供のこと、申し上げても？』

すると、主人はじっと私をみつめました。

なにも言わず、ただみつめるのです。

彼の凝視には、なにか、わたしには理解しがたいもの、わたしの知らないもの、わたしとはかけ離れたものがありました。それは、他人の眼、わたしとは縁もゆかりもない、遠い人間の眼にだけできる凝視でした。彼がそんな眼をしてわたしを見たのは、知り合って以来、それがはじめてでした——。

やがて、彼はわたしから視線をそらし、

『もういいよ、もう考えるのはよそう。今夜はおそいし、疲れたから、きみも早く寝ろよ』

と言ったかと思うと、毛布を頭からかぶるようにして、くるりとわたしに背を向けてしまいました」

わたしたちの向かいあっているちいさな部屋の、しみだらけの安物のテーブルの一隅には、かたむきかけた日ざしがこまかな金色のほこりを舞わせていた。

わたしたちは、ここでこうして、もう何時間も向かいあっているのだ。それは、警部補が清家弁護士とわたしのために特別にさこうと言ってくれたより、はるかにはるかにながい時間になっていた——。

「わたしの心には、ふかい失望と安堵が同時にわいてきました。

(やっぱり舅はよろこんではくれなかったのだ——やっぱりこのひとが殺したのではなかった)

たまらない疲労と睡気に襲われて、わたしはベッドにもぐりこみましたが、そのくせ、ねむることはできなかったのです。

(彼ではないとすると、だれがやったのだろう？　彼は、さっき、どうしてあんな眼をしてわたしを見たのだろう？)

あとのほうの疑問には、わたしは自分で答えることができました。

主人の姉の口から、わたしのおなかの子供に対する疑念を吹きこまれたのです。

彼はそれを鼻で笑ってしりぞけてはくれなかったのだろうか？　姉の言うままに、わたしを疑いはじめたのだろうか——？

わたしにはわかりませんでした。

竹河医師はわたしの味方であるはずでした。そして、主人は、姉よりはわたしを信じてくれるはずでした。わたしたちは心から愛しあい、信じあっているはずでした……。

にもかかわらず、さっき主人がわたしをみつめた瞬間から、なにものかがわたしたちのあいだにはいりこみ、目に見えない暗い割れ目をつけていったことにわたしは気がついていました。

わたしには、その割れ目の正体がわかるような気がしました。それは、主人のわたしに対する疑念であり、わたしの主人に対する疑念でした。

彼が姉の言葉をまったく否定し去ることができないでいるとおなじように、わたしもまた、

(主人が殺《や》ったのではないか?)

という思いをすっかりぬぐい去ることはできなかったのでした。

彼が殺したのだとしたら、わたしたちは、いったいどうなるのだろう? これからどうやって生きていけばいいのだろう? いや、はたして、生きていけるのだろうか――? でも、わたしにはもう、これらの疑問に答える気力も思考力も残ってはいませんでした。眠りと目ざめの中間の灰色の世界をただよいながら、とにかく、夫と子供との三人だけの生活を守ろう、そこへだれ一人、たとえ法の手でも侵入させるのをふせごうと思いつづけ、浅い夢の中で血によごれた死体を見てはうなされました。

朝になれば女中たちが現場を見つけ、警察の人たちが来て大さわぎになることはわか

っていました。夫もわたしも参考人として尋問を受けるだろう、わたしたちの話が新聞に載り、わたしたちの家を物見高い人々がとりかこみ、わたしたちの平和な生活はかき乱されてしまうだろう――わたしたちの、さいごの平和な夜がすこしでもながくつづくように、わたしは闇の中で息をひそめて眼をとじていました。

背中あわせのベッドからは、主人がたてる、かすかな、規則正しい寝息が聞こえ、わたしは、彼もわたしとおなじようにねむったふりをしているのにすぎないのだということをはっきりと感じとりながらも、例の、単調な時計の秒針のような執拗さであきもせずくりかえしていたのでした。（彼がやったのではない。今しがた、人を殺してきた人間が、あんなに安らかにねむれるものではない。彼が殺したのではない、彼はなんにも知らない……）

――いつのまにかわたしは眠りに落ちていきましたが、その次に目をさましたとき、朝はすでに明け放たれ、カーテンの隙間からは、ながい、暑い午後を約束する、つよい日ざしがふりそそいでいました。

主人の姿はもうベッドにはなく、いつもならそのあとにぬぎ捨ててあるパジャマも見あたりませんでした。わたしが寝坊すると、寝室のすぐ前まで来て電気掃除器のモーターをぶうぶういわせる女中のけはいも、その朝はありませんでした。

どんよりと重い頭をわたしがやっとのことでもたげ、ベッドをおりて窓から外をながめると、門の前に二台のパトロール・カーと一台の黒い警察自動車が停まっており、警部補さん、あなたが数人の刑事や警官をしたがえて、露の光るクローヴァの群落を踏みしだきながら、まっすぐに玄関のほうへはいっておいでになるのが見えました……」

第九章　容　疑　者

「解剖の結果がわかれば、もちろん、もっと正確な線が出ますが」

きびきびした、若い検屍官が言った。

「死亡時刻は、だいたい、午前零時から一時のあいだというところでしょう。後頭部を青銅製の文鎮で一撃され、さらに何回か強打されています。ほとんど即死と見てまちがいなく、数分間は生きていたとしてもおそらく虫の息で、意識はなかったと判断されます」

「寝ていたんでは後頭部はねらえんから、被害者はまだ起きていたんだな。それとも、犯人を見て起きあがったのか――」

と、緒方警部補はつぶやいた。

「どのみち、被害者と面識のある人間の仕事ですね。それでなかったら、被害者は手もとのブザーを鳴らして、母屋の女中を呼んだはずです」

「なにかあったら昼でも夜でも、ブザーか邸内電話で連絡するようになっていたというからな」

離れの玄関先に立っていた警部補がご苦労というようにかるくうなずくのを見とどけてから、若い検屍官は一礼して去っていった。やがて、白布をかぶせた担架がはこび出され、門前に待機していた死体収容車が丘の上の白い道を土ぼこりをあげて走り去るのが見えた。太陽はすでに高くのぼり、けだるい空梅雨《からつゆ》の一日がゆっくりとはじまろうとしていた。

緒方警部補は、額の汗をぬぐった。

彼は六月がきらいだった。六月の湿気と、うじうじした暑さがきらいだった。日なたに重たげに首を垂れた紫陽花の色あせた花毬や、むっとする芝生の草いきれがきらいだった。

とりわけ、六月の殺人事件が気にくわなかった（といってべつに、何月の殺人事件がとくに気にくう、というわけでもなかったのだが）。贅をつくした隠居所の一間に羽根ぶとんにうずまるようにして仆れていた億万長者の老人の姿が気にくわなかった。だれかが指紋を拭きとった形跡のある凶器の文鎮や、被害者の枕もとで死体を見おろしていた超特大の金庫が気にくわなかった。

（金持というやつは——）

うんざりしながら彼は考える。

（どうして、いつ殺されてもいいようにしておかないんだろう？　やつらは自分が死んだあとの金の行方を気にして、遺言状のあっちを直してみたりこっちを消してみたり、もちゃくちゃしつづける。そして、ある夜ついに、これ以上待ちきれなくなった相続人の一人がそいつの脳天を青銅の文鎮でぶんなぐる。そして、さいごにおれたちが彼らの茶番劇のしめくくりをつけるために汗をふきふきやってくる……）

緒方警部補は凝った木口の玄関をのっそりと見わたした。事件の現場に駆けつける最初の三分間だけきまって彼の身内を走り抜ける、あの、十数年前、はじめて平刑事に抜擢されたころとおなじ武者ぶるいはいつものように消え去っており、彼はまた、部下たちがこの出世のおそい上司への親愛となぐさめと一抹の軽侮の思いをこめて《黒牛》とこっそり呼ぶ、カンのわるそうなふだんの表情に立ちかえっていた。

「警部補、命令通り、家族の全員を母屋の応接間へ集めて見張りをつけておきました」

刑事の一人がやってきて告げた。

「そうか、今行く。ここは鑑識のほかはだれも入れないようにしておけ」

「はい、それから、新聞社の連中が外に来ていますが」

警部補は門のほうを見やってしかめつらをし、庭へと出てきた。

「家族というのはだれだれだ？」

「ええと、まず、この家に住んでいるのは被害者の息子夫婦と使用人だけですが、昨夜は泊り客がありまして、嫁にいった姉娘とその亭主、これが殺された社長の下で専務取締役、副社長格というわけです。それから――」

彼らは小径づたいにテラスのほうへ歩いていった。エニシダの茂みで、黒と黄色の、お尻のまるいふとった蜂がうなっていた。

「その男の親類にあたる若い娘と、被害者の主治医もいます。専務と医者はゆうべ酔って帰れなくなったんだそうでして。使用人は、古くからの女中が三人と運転手ですが、運転手はきのうは公休で外泊し、すこし前に帰ってきたと言っています。あそこにいるのはこれだけですが――あ、畜生！」

刑事は首にまといつく蜂を追っぱらった。

「昨夜はこの家の顧問弁護士もいっしょだったそうです。帰っていったのは午後十一時半ごろというんですが、一応、田中刑事が飛びました。横浜に住んでいるそうですから――」

彼は腕時計を見た。

「もうそろそろついているでしょう」

応接間に集まっていた十人の顔が、いっせいに緒方警部補に注目した。部下たちがさりげなく入口とフランス扉の近くに立つのを見とどけながら警部補はおもむろに部屋に通り、ソファのうしろに立ってかるく会釈した。

「県警の緒方です――。ご家族の不慮の死に会っての皆さんのお気持はお察しいたしますが、現場の状況から見てあきらかに他殺と考えられる事件でありますので、すみやかに犯人を逮捕できるよう捜査にご協力願います。まっさきに申し上げたいことは、犯行は内部の者の仕業と断定してさしつかえない、ということで、つまり、犯人は当家の事情をよく知った――」

「どうしてそう断定できる？」

ソファに腰をおろしていた飛驒氏が、憤懣やるかたないといった口調で横槍を入れた。

「強盗の仕業かもしれん。離れは老人一人で不用心だとつねづね思っていたんだ」

自分のくたびれた夏背広とは布地も仕立てもだいぶちがう相手の服をながめながら、緒方警部補は忍耐づよく答えた。

「残念ながら、その見かたは成立しないことがわかったのです。これに先だち、事件の発見者である女中さんの話を聞いてありますが、その説明によれば、けさの離れの戸じまりにはなんらの異常がなかった。しかも、現場には多額の金品を保管してある金庫や、高価な美術品、骨董品のたぐいが数多くあったにもかかわらず、どれひとつとして手をつけられたものはなく、ただ、被害者が死のまぎわまで書きかけていたと思われる財産関係の書類の一部が故意に破棄された形跡がある。加えて、死体の状況から見るに——」

ここで警部補は鳴らされなかったブザーの件を一席弁じた。

「——以上の点から考えて、この犯罪を当家にまったく関係のない第三者の犯行と見なす余地はまずない、というのがわれわれの……」

「だからといって、内部の者の犯行と言い切れるのか？」

飛騨氏はくいさがる。

「女中が寝こんでいてブザーを聞かなかったのかもしれない」

「そんなことは決してございませんです、旦那さま。私どもは、大旦那さまからのお呼び出しのブザーを聞きのがすことは一度もございませんのです」

だれに尋ねられたわけでもないのに、志瀬が答えた。老女中の声音には自信と威厳がこもっていて、飛騨氏に対する丁重さという点ではなにひとつ欠けたところはなかったが、そのくせ、その口調は、洛子や杉彦に対するときのものとは微妙なちがいを含んでいた。おそらく、志瀬のきっちりと結いあげられた白髪頭の中には、その髪型よりもきっちりとした一種の序列ができあがっているのであろう。大旦那さまに対するときの口のききかた、若旦那さまに対するときの口のききかた、お嫁にいらしたお嬢さまに対するときの……そして、次はそのおつれあい、それから、そのご親類。そして、そのずっと下に……。

この家のしきたりに関しては一歩もしりぞかぬと言いたげに、志瀬が飛騨氏の顔を対等にみつめるのを、杉彦夫人は見守っていた。それは、老いた、やせこけたカマキリが熊に立ち向かっていくのを見守るような、ふしぎな光景であった。

緒方警部補は、専務と老女中の言い合いは無視して先をつづけた。

「――というのが、われわれの最初に到達したひとつの結論であります。ええと、はじめに事件を発見して通報された女中さんは、あなたでしたね？」

志瀬とのぶの中間に立っていた記代《きよ》のほうを、警部補は指さした。

「さようでございます」

飛騨氏と志瀬の小ぜり合いをぽかんとながめていた、陰気な中年の女中は、ふいに声をかけられたのでいささか狼狽し、おびえた表情で警部補を見あげた。

緒方警部補が記代のほうへとゆっくり二、三歩あゆみ寄るのを、杉彦夫人の眼が追った。

（だれか、わたしのあとであそこへ行った人がいる――それとも、わたしがあそこにいるあいだじゅう、犯人がどこかにかくれていたのだろうか？　どちらにもせよ、すごくおちつきはらった人間だ。わたしの出ていくのを見とどけ、鍵を拾い、書類を捨て、戸じまりをして立ち去るだけのことをやってのけた人間だ）

「あなたは社長付きの女中さんでしたね？」

「はあ――いいえ」

「どっちです」

「それはつまりこういうことなのでございます」

記代が口ごもったので、当然、志瀬があとをつづけた。

「つい先だってまでは、記代さんが大旦那さま、のぶさんが若旦那さまのお世話を申し上げ、わたくしがその両方を手落ちのないよう気をつけるという具合に万事うまくいっていたのでございます。けれど、ただいまのところは……」

「ほう、どうしてそういう具合にいかなくなったのかね？」

「それは――」

志瀬は警部補を見あげ、この人はなんとにぶいのだろうという顔つきをした。

「若旦那さまのお世話は奥さまがなさるようになったからでございます」

「ああ……」

警部補はちょっと顔をあからめ、こんな気のきかない問答をして大切な時間をついやしている自分に腹を立てたのか、にわかにいかめしい態度になって記代のほうに向きなおった。

「あんたが、けさ、離れへ行ったのは、八時半ごろだと言っておったが、それは毎朝のことなのかね？」

「いえ、いつもでしたら大旦那さまは七時すぎにはお目ざめで、ブザーか邸内電話でお呼びになります。それを合図にだれかがうかがうんですが、けさは八時になりましてもなんのご連絡もございません。わたくしが気にしていましたら、お志瀬さんが、大旦那さまはゆうべおそくまで起きていらしたようだからけさはお目ざめがおそいのだろうと言いますので、ああそうかと納得したんです。でも八時半になりましたので、ちょっとご様子を見にいってきたらとお志瀬さんも申しますから、うかがってみたんでございます――わたくし、もう仰天して母屋へとんで帰ってきたような始末でして」

「あんたが行ったときは離れの玄関の戸じまりには異常がなかったと言ったね？」

「はい、ちゃんと鍵がかかっておりました」

「ゆうべ、あんたがかけたんですか？」

「いえ、お離れの戸じまりはいつもお志瀬さんがいたします」

警部補は志瀬のほうを向いて、うながすような目つきをした。ほら、おまえさんの番だよ、というように。

「それが――昨夜にかぎってわたくしが戸じまりをしたのではないんでございます」

志瀬は心得たりとしゃべりはじめた。

「昨夜、十時すぎでしたか、若旦那さまや洛子さま、弁護士さんがたが離れでまだ話しこんでおいででしたので、お茶を持ってあがりますと、なんですか、たいそうこみ入ったお話のようでございまして――」

老女中は上目づかいに、家族たちのほうをぬすみ見た。

「若旦那さまがわたくしに、もうこっちへ来るな、玄関はしめておいてやるから鍵をおいていけとおっしゃったんでございます。それで若旦那さまに鍵をおあずけして――大旦那さまは戸じまりなどにはたいへんやかましいおかたでございましたから――母屋へ戻り、記代さんやのぶさんとお風呂をわかしたり、飛騨の旦那さまが酔っておやすみでしたのでお床をとったりいたしまして、十二時近く女中部屋でやすんだのでございます」

「なるほど、それであんたはけさ、記代さんに、大旦那さんはゆうべおそくまで起きていたようだと言ったんだね。そこでだが、あんたがた三人とも、夜中になにか変わったことに気がつかなかったのかね？」

女中たちは顔を見あわせ、志瀬が問いかえした。

「変わったことと申しますと？」

「足音とか、妙な物音がしたとか、そういったような」

「それが――昨夜はなにやかやと気が張っておりましたせいか、横になるなり、ぐっすりとねむりこんでしまいまして。こちらの二人もそう申しておりますけれども……」

　そこまで言ったとき、老女中は、さっき飛騨氏に宣言した自分の言葉と、今言ったこととのあいだに大きな矛盾のあることにすばやく気づいた。

「もちろん、お離れからのブザーはちがいます。お離れからのお呼び出しにかぎりまして、わたくしどもはどんなによくねむっておりましても必ずとび起きるんでございます。こちらへご奉公にあがりまして以来、わたくしどもの耳はそういうふうにしつけられてあるのでございます、はい」

　そして、志瀬は、今自分の言ったことに異議のある者は申し出てみるがいいとでも言いたげに一座を見まわした。

　だれも志瀬の言葉なんかに異議を申し立てる者はいなかった。そこに居合わせた八島家の人間たちはみんな、この老女をはなはだしく恐れているか、あるいははなはだしく無視しているかのどちらかであったので、今の言葉の反応といったらわずかに、飛騨専務がそっぽを向いてにやにやしたぐらいのものであった。

　緒方警部補が志瀬の説明に納得したかどうかはわからないが、ともかく、彼は次の質問に移った。

「そこで——記代さん、けさ、あんたが離れへはいったとき、離れの鍵はどこにありました？」

「お台所の、いつもそれを入れておく引出しにはいっておりました。あの、若旦那さまが、戻しておいてくださったのだと存じますけれど……」
「離れの鍵をそこにおくことは、だれとだれが知っているんです？」
「さあ、それはもう、皆さまが――」
ふたたび、当惑顔をした記代にかわって、志瀬が口を出した。
「皆さまがよくご存知のことでございますよ、そんなことは――もう永年のことでござ
いますから。若旦那さまも、洛子さまも、わたくしどもも、お亡くなりになりました大
奥さまのころから、お離れの鍵はそこにしまってあるんでございます」
「亡くなった人のことはどうでもよろしい」
緒方警部補は大声を出した。
「今の若奥さんはどうです？　それじゃ当然知っとられるんでしょう？」
一瞬、志瀬はためらったが、すぐになんの抑揚もない声で答えた。
「と存じますが」
（ほら、ごらんなさい、わたしが鍵のしまい場所なんか知っていないことをちゃんと見
抜いているくせに――。すると、あそこに落ちていたのはやっぱり離れの鍵だったんだ
わ。あれが離れの鍵だということ、あれがいつもどこにしまってあるかということは、
みんなが知っていたんだわ、わたし以外のみんなが）
しかし、もちろん彼女はだまっていた。今、ここで、夫はそんなことをわたしに教え

てくれなかったと公表する馬鹿がどこの世界にいるだろう？

「ええっと――そこで、記代さん、あんたが事件を発見して離れからとんで戻ってきたとき、ここにいるかたたちはどこでなにをしていました？」

記代は考えこんだ。この女は志瀬の介添なしにはなにひとつ自分の意志を明確にできないようだったし、また、それを一種の美徳だとでも考えているらしかった。警部補は、この女がこの家と志瀬とに仕えた年月を思った。

「若旦那さまと洛子さまがお庭にいらしたのをおぼえております。お二人で朝のご散歩の様子でしたけれど――」

「わたくしがお客間で、飛騨の旦那さまのお召しかえを手伝っておりましたら、この人が血相変えてとびこんでまいりましたんです」

と志瀬が言った。

記代というボタンを押せば志瀬がしゃべる、というこの仕掛けを警部補はやっと呑みこんでいたので、彼はもうべつに目くじら立てなかった。

「美紗子さまもお目ざめで、そのときごいっしょに部屋にいらっしゃいました」

「ぼくは、昨夜はいい心持で寝ちまったんだぞ」

飛騨氏が、不きげんを絵に描いたような顔をしてぼやいた。

「起きてみるとこの騒ぎだ。足どめはくう、たいして能のありそうにも見えないおまわりがあれこれ命令する、大迷惑だ」

「――こちらの先生は？」

緒方警部補は飛驒氏にむかってよっぽど、

『おや、人殺しのあったのはどこの家庭《うち》だったかね？』

と言ってやりたい衝動を押しかくし、竹河医師のほうをあごでしゃくって見せた。

「竹河先生は、わたくしが応接間のお掃除をしているあいだ、ずっとソファにいらっしゃいましたわ」

とのぶが答えた。

「じゃまだからどいてくださいと申し上げているのに、知らん顔をして、ぼんやり考えこんで」

竹河医師は他人事のような表情をしてのぶの言葉を聞いており、杉彦夫人のほうは見なかった。彼はどことなく猛禽類を思わせる横顔を見当ちがいのほうに向けてデヴァンのひとつに冷然と腰をおろしていた。その無関心な風情にもかかわらず、彼の態度には、なにやら、この場の成行をひそかに楽しんでいるようなところが隠見された。

「――すると、奥さんは？」

「奥さまはお二階でございました」

志瀬が答えた。

「けさはゆっくり寝かせておくようにと、若旦那さまがおっしゃいましたので、お起こしいたしませんでした」

「家内は妊娠していることが昨夜わかったので」

と、杉彦が説明した。

「ショックを与えてはと思って、そっとしておいたのです」

「事件のことはいつ耳にはいりました？」

彼女のほうを向いて、警部補はていねいに尋ねた。

「九時ごろ階下《した》へおりてきて、のぶさんから聞いてびっくりいたしました」

警部補はうなずき、ふたたび女中たちのほうへむかって、

「あとでその鍵を見せてください」

と言ってから、あらためて一同を見わたした。

「さて、皆さん、くわしい事情もあることでしょうから、これから一人一人順ぐりに話をうかがうことにしましょう。お宅の弁護士も呼びにやりましたから、むろん、彼にも参考人になってもらいます。彼もまた、昨夜おそくまでこの家にとどまっていた様子ですし、遺言状関係ではいろいろと心得ていることも多いでしょうからね。許可が出るまでは、どなたもこの部屋からは出ないでください——まあ、そう騒がなくてもよろしい、まだ、だれが犯人だとも言っているわけじゃない。それとも——」

彼の眼が、一秒の何分の一かずつ、それぞれの顔の上にとどまった。

「この中に、八島龍之助氏を殺害した犯人がいるのなら、今すぐ名乗り出たほうがいい。自首はのちのちの扱いに大きなちがいをもたらしますから」

沈黙。

だれかが、どこかで、かすかにあえいだ。

しかし、それがだれののどから洩れたものかだれにもわからないうちに、ふたたび室内は静まりかえった。

「それではと……どこか静かな部屋を貸していただけますか？　一人ずつはいっていただいて話をうかがうための」

「書斎がよろしゅうございましょう。おちつきますし」

心もちふるえる声で、だが、おだやかに言ったのは杉彦夫人だった。

警部補は、あらためて彼女をながめた。

彼女はなんの飾りもない、ぴったりした黒い服をまとっており、いろどりといってはその指にきらめいているダイヤの結婚指環だけだったが、きわだって美しく、そして非常に蒼白く見えた。カットの単純な黒い夏服は袖がなく、むき出しの腕と肩には静脈が透けて見えた。彼女は妊娠している身体であることを警部補は思い出した。あの、本能的になにかを警戒しようとするような、怜悧な物腰は、みごもっている牝《めす》に特有のものなのか？　それとも——。

「では」

と、緒方警部補は、礼儀正しく会釈した。

「御案内を願いましょうか。ついでに、話をうかがうのは奥さんからということに。そうしてもよろしいですね？」

○

十人の人間が一人ずつ順ぐりに刑事につきそわれて、応接間—書斎—応接間という小旅行を終えるまでにはながい時間がかかった。その中には、十分足らずで戻ってくる者もあれば、一時間あまりも行ったきりの人間もいた。

さらにそのなかばで、田中刑事にともなわれてあたふたとその丸っこい姿をあらわした由木弁護士が人数に加わった。

鑑識課員たちは仕事を終えて引きあげたが、離れやその周囲にはまだ警察の人間がたくさん歩きまわっていた。飛驒氏や洛子夫人や美紗子が刑事立会いのもとに会社や自宅へ電話をかけたので、八島社長の横死を知った社員や一族の面々がわれがちにと押しかけてきた。そのうちの何人かは門前にたむろして、侵入してこようとする新聞記者の一群を撃退した。記者たちは仕方なく、塀の穴や立木の枝を求めて邸のまわりを駆けずりまわった。邸は、話を聞こうとする人間、話をしたくない人間、話をしたくてたまらない人間でごったがえしになった。電話がひっきりなしに鳴り、刑事たちが邸内を汗だくで動き、門の外では近所の閑人《ひまじん》がろくでもない想像を楽しげに交換していた。

――だれよりもながい時間を、だれよりもひっそりと彼女は待っていた。ひくいデヴァンのひとつに腰をおろしている彼女の姿は、蒼白い彫像のように見えた。書斎から帰ってきた人々は一様にだまりこくって、煙草を吸ったり、考えこんだり、指紋をとられた指先を神経質にぬぐいながらいらいらと室内を歩きまわったりしていたから、彼女の沈黙だけがかくべつ目立つようなこともなかった。

中で飛驒氏一人は、警察のやりかたが不当であるとし、緒方警部補を職権濫用の疑いで告訴してやるといきまいていた。のぶが、その熱弁を聞いて気をきかせたのかどうかわからないが、バーの冷蔵庫をひらき、缶入りビールやジュースを並べた。しかし、それに手を出したのは竹河医師一人だった。彼は書斎から帰るやバーの丸椅子に腰をおろし、缶入りビールをたてつづけに流しこんだ。

――彼女はフランス扉ごしに庭を見た。

応接間の中のものは、彼女の疲れた頭と眼には小うるさく、おちつきがなさすぎた。庭だけがフランス扉の向こうで静かに美しく、別世界のように遠かった。テラスの横のエニシダの茂みのかげで、数人の社員が張番の警官となにかもめていた。鑑識課員の一人がカメラを手に門のほうへと引きあげていった。カメラの金具が夏の日を受けてきらきらかに輝いていた。社員の一人がそのあとを追って走りだし、またそのあとを警官が追っていった。

どのみち夕刊には〝八島産業社長自宅離れで惨殺さる〟という見出しが載るであろう。エダはそれを読むだろうかと彼女は考えた。エダも踊り子たちも、楽士も支配人も読むであろう。《レノ》中の人間が、東京中、日本中の人間が読むであろう――その記事には、犯人の写真も載るだろうか？

彼女はそっと夫のほうを見やった。

杉彦は彼女のすぐ次に書斎に呼ばれ、一時間近くも経ってから帰ってきた。そのとき、彼女は夫のほうにむかって、

（だいじょうぶよ、こんなこと、すぐにすんでしまうわ。ちょっとした手術のようなものよ）

とでもいうようにほほえんで見せたのだが、彼女のほほえみが夫のための局部麻酔の役目をはたしたかどうかは疑問だった。彼は応接間へ戻ってくるなり、そっぽを向いたままバーのほうへ行ってしまって、今もそこにいる。彼は竹河医師のとなりの丸椅子に腰かけ、壁をにらんでいるのだった。

（いけないわ、あんなふうにしていては疑われるわ——もっと自然に、気らくにしていなければ、刑事の注意をひき寄せるようなものだわ。ごらんなさい、刑事たちが、なんの興味もないような顔をしながら、そのくせ、どんなに眼を光らせてわたしたちのほうをうかがっているかを。あなたにはわからないの？　刑事たちのあの視線が。警部補の表情のかげにあったものが）

尋問に対しての自分の答にぬかりはないように思われた。だれよりも先に書斎の椅子にすわらせられ、警部補と向かい合ったときも、冷静な態度をうしなわずにいられたつもりだ。

警部補の尋問のやりかたはしつこく、容赦なくはあったが、決して横柄ではなかったし、かたわらで速記をとっている記録係の刑事とときおり見かわすまなざしも、べつに他意のあるものとは見えなかった。

尋ねられるままに、彼女は静かに答えていくことができた……。

『はい、八島漣子、二十二歳、杉彦の妻です。四月末に結婚してこの家へまいりました。わたくしの両親はだいぶ以前に亡くなっております。結婚するまでは、東京でショウ・ダンサーをやっておりました——いえ、そういうんではなく、ナイト・クラブや宴会で踊る……ええ、あれでございます。

主人とはこの春知りあって、すぐに結婚いたしました。籍は入れましたが、舅《ちち》はまだわたくしを嫁としてみとめてくれたわけではありませんでした。

いいえ、恨んでいたということはございません。わたくしのような仕事をしていた女に対して、かたぎのかたはそれなりの見かたをなさるものです。まして、こんな格式のある家のご老人ですもの。あのかたが、わたくしのことを、息子をたぶらかした女狐のように考えておいでになったとしても、仕方のないことだと思っておりました。時が経つにつれていずれはわかっていただけるだろうと、将来を楽しみにしていたのです。

けれども、実を申しますと、きのうになりまして、わたくしたちの仲だけは許してくれそうなけはいになっていたのでした。そのあと、わたくしに子供ができることがわかり、主人は舅《ちち》にそれも話したのですが、やはりいろいろ問題もございまして、主人の希望通りにはいかなかったようでございます。そのことについては、夜中に主人の口からほんの一言聞かされただけで、くわしい話はまだなのですけれども……。ええ、わたくしたち二人だけで独立して、なんとかやっていけるよう考えるつもりでした。

『舅《ちち》とはきのうも一日中顔を合わせてはおりません。リュウマチが起こりまして、このところ、会社のほうもずっと休んでいたようでございます。

わたくしの妊娠がわかりますと、主人はたいそうよろこんで、すぐに父のところへ報告にまいりました。九時半ごろのことです。行く前に時刻を気にしておりましたから、おぼえております。

わたくしは二階でやすんでおりましたが、しばらくして着換えるために起きあがりましたら、主人が義姉《あね》や弁護士の由木さんといっしょに離れのほうへ行くのが窓から見えました。ええ、べつに変わった様子はありませんでした……。

『朝までのあいだでございますか？　一度だけ目をさまして、階下のトイレットへまいりました。十二時すこしすぎだったでしょうか。いえ、だれにも会いはいたしませんでした。ほんの三、四分のことですから。

主人ですか？　となりのベッドでよくねむっておりましたけれど。

ええ、もちろん、わたくしが目をさましたときも、トイレットから戻ってきたときも。わたくしがねむっているあいだに、離れから戻ってきたわけでございますわね。ぬぎ捨てたシャツやズボンがほうり出してありましたわ。

トイレットから戻ったわたくしがベッドへはいろうとしますと、主人が目をさまして、どこへ行っていたのだとわたくしに尋ね、そして、舅《ちち》との話し合いが思ったようにはこばなかったことを教えてくれたのです。

わたくしもがっかりいたしましたが、夜中にしゃべりつづけてみたところではじまらないことではあり、その話はひとまずそれだけにして、二人ともねむってしまったのです――決して、まちがいございませんわ。

まあ、夫婦間の証言はキメ手にはなりませんの？

でも、ほかにだれが証明できまして？　そんなことをおっしゃったら、夫婦はいつも寝室にもう一人の他人を寝かせておかなければならなくなってしまいますわ。

『犯人の心あたりですか？　さあ、それは、わたくしの口からは……。いえ、心あたりなんかございませんけれども、たとえ、あったとしても。

え？……それは、これだけの家でございますもの。財産の件ひとつにしても、いろいろと問題があるようでございますから。

いいえ、生活の援助を舅《ちち》に拒絶されたからといって、それほど、残念、くやしい、とは思いませんわ。これは、警部補さん、ほんとうのことなんでございますのよ。

それはお金はないよりあるほうがいいにきまっておりますけれども、援助をことわられたからといって、生きるか死ぬかというわけではなし、つつましくくらしさえすればなんとかやっていけるつもりでございましたもの。そうなれば主人だってかえってその気になって真剣にやるでしょうし、今どき、親の援助がなければくらしていかれないなどというのはみっともないものうございますものねえ。

それに、警部補さん、わたくしのような生活をたどってきた人間ですと、億のつくようなお金は実感として感じられないのです。それよりも、主人と子供との、ふつうの生活を送っていけるだけのお金のほうが、ずっとずっと実感も魅力もあるものなんですわ……。

信じていただけないかもしれません。いえ、わたくし自身、もうすこし月日が経っていたら欲を出していたかもしれません。

でも、今は、現在のところは、とにもかくにも、主人と子供とわたくしとの――わかってくださいますわね？　警部補さん、わかってくださいますわね？

ああ、でも、あなたはわたくしのような生活をしてきた人間ではないのですわ。あなたは、わたくしのようなことをして生きてきた女ではないのですわ……億のつく財産を欲しがらない人間がこの世の中にいるものか、とあなたはお考えになるのでしょうね。それがふつうのことなのでしょうね……。

『それですか？　たしか、舅《ちち》の使っておりました文鎮ではございませんでしょうか？　わたくし、あの部屋へは一度しかはいったことがございませんので、よくおぼえてはいないのですけれど、文机の上にあったような気がいたします。

『ここへ指を？　このインクをつけて？　あら、爪がよごれてしまいますわね。これ、すぐに落ちるでしょうか？――もうよろしゅうございますの？　どうも失礼いたしました。次は主人でございますか？　はい、すぐに来るように申します』

――これでいいはずである。

なにも余計なことは言っていない。洗面所での立ち聞きも、医師の脅迫も、離れへ行ったことも言う必要はない。医師が自分の脅迫を警察にべらべらしゃべるわけがない。

この三点を除けば、洗面所を便所の意味での〝トイレット〟とわざと言い換えた以外、彼女の陳述はまったくの真実である。

それは、夫が寝室へ上がってから朝までのアリバイを証明している。

夫は何時ごろ上がってきたのだろう？　もちろん、それは、いっしょに離れを出た義姉や由木弁護士が証明するだろう。

彼女がトイレットへおりた三、四分のあいだに杉彦が寝室を抜け出し、離れへ行って老人を殺し、急いで戻ってきたかもしれぬという可能性を、警部補は考えるだろうか？
三、四分では無理だと思うであろう。
三、四分という限定を、あるいは、
『わたしが出ていくときも、戻ったときも、夫はベッドでよくねむっていた』

という彼女の陳述を、警部補は鵜呑《うの》みにしないでいちおう疑ってみるだろうか——？

むろん、真実を言うなら、彼女が寝室を空《あ》けていた時間は、三、四分よりはるかにながい。すくなくとも、二十分近くはあったにちがいない。洗面所での立ち聞きが五、六分、応接間での医師との対話が七、八分、離れへ行き、死体を発見し、文鎮や鍵の指紋を拭きとって、夢中で戻ってくるまでにさらに七、八分……。

（でも——）

と、彼女は考える。

（わたしは離れの玄関の鍵なんかしめなかった。犯人はわたしのあとであそこを出ているのだ。夫はわたしが寝室に戻ったときはベッドにいた。だから、あのひとは決して――）

彼女の心はかるくなり、次の疑問の上へとやすやすと翔び移っていった。

（そうすると、だれが殺したことになるのか？）

義姉？　義兄？　美紗子？　竹河医師？　由木氏？　女中たちのだれか？　（志瀬だといいのに！）運転手？　あるいは、警部補の推理に反して、まったくの外部からの侵入者？　妖怪か火星人かピーター・パン？

もはや、

『だれに、それができたか？』

という問題は、彼女にとって問題ではなくなった。

『それはだれか？』

この問題だけが存在するのだ。

夫以外の人間が殺したのなら、彼女と夫以外の人間が殺したのなら、なにをくよくよ思いなやむことがあるのだろう？　だれが殺したのであってもいい。なるべく奇想天外な、あっと言わされるような犯人であってくれるといい。あるいは、刑務所へ送られるのがふさわしい、いやな人間が犯人であってくれるといい。もはや、この殺人事件は、彼女とは無縁の、彼女の生活とはまるきり無縁の、あるくだらない、楽しいスポーツになった。これは興味しんしんたる、危険な闘牛だ。檻の中の猛獣だ。紙の上の悪夢だ。彼女と杉彦とは、檻の外にいてゆっくりと見物すればいいのだ。おもむろにページを繰ればいいのだ。

そうすれば……ほら、じきに、胸のわくわくするような見せ場がやってくる。

それまで彼女はゆったりと待っていればいいのだ、呼びものの芝居の見せ場を待つ怠惰な観客の気分で――。幕間《まくあい》のつれづれにオペラ・グラスで平土間をながめまわす、二階桟敷の退屈した観客のように、彼女は応接間の中をながめわたした。

応接間の中にいる人間の数が一定し、人々がドアを出たりはいったりしなくなってからだいぶ時が経ったことに彼女は気がついた。

杉彦と竹河医師はバーの丸椅子に、飛驒氏はソファに、洛子と美紗子はデヴァンに、由木氏はマントルピースの横に、女中たちは書棚を背に――運転手は扉口寄りに立って刑事に煙草の火を貸してもらっていた。部屋の中はひっそりとして、緞子のカーテンを揺すぶりながらエニシダの茂みを分ける風がおりおり吹きこんできた。カーテンをとり換えなければいけないと彼女は思った。もう夏だ。緞子は季節にふさわしくない。季節はずれのもの、重くるしいもの、息のつまりそうなものはもうみんなこの家からとりのけよう、舅は死んだのだ！……夏が来たらこの邸の窓という窓に軽快で美しいレースのカーテンをめぐらせよう、そうしたら、その下に揺りかごがおける——。

人々は、まるで、それほど意に染まぬ芝居の指定席につかされた不満な観客そっくりに見えた。刑事たちは退屈そうに、それでもときどき首すじの汗をぬぐいながら辛抱づよく持ち場をはなれない。のぶが彼らにすすめたまま、手もつけられなかったタンブラーの果汁の氷がとけて、レモン色のガラスの表面にはこまかな水滴がいっぱいついている……。遠くF市の工場地帯で鳴る午後のサイレンを、ものうい耳で彼女は聞いた。

扉がふいにひらいて、緒方警部補の巨体が一同の前にあらわれた。

緒方警部補は手に書類を持ち、満点をとった成績表を見せびらかさないように苦労している優等生みたいにそわそわしていた。彼は部屋の中央へ進み出て口を切った。

「お待たせしました。皆さんの協力によって、思ったより捜査がはかどりました。聴取した供述を参考に、現場の状況、死体の状態、鑑識課の結果報告等を充分に照合し協議した上で結論に達することができた次第です」

「犯人はだれなんだ？」

飛驒専務がいらだたしげに口をはさんだ。

「まあ、お聞きください。まず、ここにおられる十一人のうち、運転手の江崎さんと三人の女中さんは、動機およびアリバイの点から見て、事件に直接関係ないものと考えられるようです。江崎氏は、きのうは公休とあって、午後から東京の兄さんの家へ出かけ、そこで一泊してけさは事件発見後に帰邸している。これはさっそく東京へ照会しましたが、兄さん夫婦その他の証言があって文句はない。また、女中さんたちのほうは、被害者の生存しているうちに母屋へ引きとり、それきり離れへは行かずに朝までいっしょにすごしているから、アリバイはたがいに成立します。なお、この四人とも、被害者を自分の手で抹殺したところで一文のとくにもならない人たちなのです。したがって――この事件は完全に、ご家族間相互の複雑な感情および金銭問題から生じた殺人、ということになる」

一同はひっそりと聞き入っていた。彼らぜんたいが、体内に巣くう病毒の正体を医者から説明されている一人の病人なのだった。

「さて、そこで、被害者たる八島龍之助氏は昨夜十一時三十分まではたしかに生存しておられたことが三人のかたの口からあきらかとなっている。すなわち、その時刻まで離れで被害者と談合しておられた令息杉彦氏、その実姉たる飛驒洛子夫人、および由木弁護士の三名です。この人々は、杉彦氏の婚姻を龍之助氏に正式に承認させ、遺産相続上の諸問題を最終的に落着させる目的で話し合っていられたのだが、これは各人それぞれの意見、主張があってゆずらず、交渉はなかなかまとまらなかった。話し合いがつかぬままに夜もふけたので、三人はひとまず離れを辞去された。杉彦氏は志瀬さんからあずかっていた鍵で離れの玄関の戸じまりをし、三人は母屋へと戻ったが、そのときまでは龍之助氏はたしかに元気であった。

三人はテラスを通ってこの応接間へはいったが、ここで、バーの酒を飲みつづけて酔いつぶれ、ソファに横になっていた竹河医師を見ている。

そして、由木氏はただちに自分の車で横浜の自宅へと向かい、約二十分後には帰りついていることは、由木夫人と由木家使用人の証言を得ました。

一方、杉彦氏は二階の寝室へ上がり、飛驒夫人は日本間をのぞくと、ご主人はよくねむっておられたので、まだ起きていた美紗子さんを誘って浴室へ行かれた――と、こういうわけでしたな。これが、だいたい、皆さんの記憶では、十一時四十分から四十五分前後ということになる。

さて、このあいだに、飛驒則秋氏と杉彦夫人漣子さんはそれぞれ一人でおられた時間があります。しかし、奥さんはつわりのため、午後九時ごろからずっと二階でやすんでいられたし、飛驒氏は酔って正体なく熟睡していられたことは女中さんたちも証明ずみであり、げんに氏の酒気はけさがたまで完全にはさめ切っていなかったほどですからな」

警部補はやんわりと皮肉をとばしたが、すぐ真顔にかえった。

「第一、飛驒氏は離れへはいろうにも鍵を持たない。離れの玄関の鍵は、杉彦氏が他の二人の面前で戸じまりをしたあと、そのまま所持していたのですからね。しかし、杉彦さん……」

警部補は、まっすぐ、相手の顔に視線をそそいだ。

「あなたは、その鍵をすぐに台所の引出しの中へと戻したのですか？　そうではなかったのでしょう……？」

夫の横顔がひどく蒼ざめているのを彼女は見た。

なにか、大変なことが起ころうとしている。なにか、大変な、とんでもないまちがいが――。

あの警部補は、いったいなにをしゃべっているのだ？　鍵だって？　鍵。あの鍵にはだれの指紋もついてはいないのだ。彼女がハンカチで拭きとってしまったのだから。

警部補は夫のなにを見つけたというのだ？　どうしてあの警部補はあんなに意気揚々としているのだ？

警部補が彼女のほうを向いた。

「――奥さんもまた、午前零時すこしすぎ、目をさまして、階下のトイレットへおりてこられたということでしたねえ？」

いいや、彼はちっとも意気揚々としているわけじゃない。彼は冷静で、容赦がなくて、どんなちいさなことでも見のがさないようにしているだけだ。この男がまちがいをやらかすということはあり得ない……。

「そのとき、ご主人はあなたのとなりのベッドでよくねむっておられた、とあなたはおっしゃいましたな？　そして、あなたがトイレットから戻ってきたとき、はじめてご主人は目をさまし、どこへ行っていたとあなたに尋ねたついでに、離れでのお父さんとの会談の不本意な成行を教えてくれた、ということでしたな？」

　彼女はうなずいた。

　そうだ、そのとおりなのだ。そのとおりのことがたしかに昨夜起こったのですよ、警部補さん。ヴィデオテープに撮っておいてあなたに見せてさしあげられないのが残念です。でも、あなたは――。

　彼女の視線は、警部補の顔の上に凍りついた。

「それは嘘だ、奥さん――あなたが夜中に目をさましたとき、ご主人がよくねむっていたのでそのまますぐに階下へおりたと言ったのは嘘だ。ご主人はねむってはいなかったのでしょう？　ご主人は、実は――」

「ちがいます、彼はたしかにベッドで――」

　みなまで叫ばぬうち、警部補は彼女を手で制していた。

「杉彦氏は、最愛の夫人の妊娠を契機として、父君龍之助氏の心がとけることを切望していた。しかるに、その期待に反して、龍之助氏は杉彦夫人の妊娠を聞かされるやそれ自体についてすらも疑念があるかのごとき言辞を口にされ、あまつさえ、杉彦氏夫妻に対する経済的援助はおろか、この結婚が解消されないならば、杉彦氏の相続権にまでも問題が波及するものであることを宣言されるにいたった――。これは、その場に同席された飛驒夫人と由木弁護士とのひとしく証明されるところであります。

この犯罪は、被害者の頑迷さに絶望した犯人が、それまではどうにかいだきつづけてきた被害者への敬愛の情をいっきに憎悪へと変えて、発作的におこなったものであることは議論の余地がありません。

しかも、離れの鍵は、昨夜にかぎって犯人の身近かにあった。離れにはいった犯人が、今一度龍之助氏の翻意をうながすつもりであったか、あるいはすでに殺意をいだいてのことか、そこまでは不明でありますが、とにかく、老人の無理解と冷酷さとに業をにやした犯人は、机上の文鎮を手にとってやおら凶行におよんだ――。

発作的と言っていいのは、この場合、すくなくとも最初の一撃だけかもしれません。リュウマチに苦しむ被害者は、とっさに身をかわすこともできず、脳内出血により昏倒、ほとんど瞬時に絶命したにもかかわらず、犯人はなおも二度、三度と力まかせに乱打を加えている。常人では考えがたい、おそろしい狂人的行為ではありますが、犯人の心情、その性格、過去の行跡、また、抑圧されていた感情が一挙に爆発したものであることを思い合わせれば、理解にくるしむとばかりは言えますまい。

そののち、犯人は、元の通りに離れの玄関口に鍵をかけ、その鍵を台所に戻して、素知らぬ顔で部屋へ戻った。このとき、凶器や鍵の指紋まで拭きとるほどの余裕をすでにとり戻していたかにも見えますが、さすがに犯人も己れの指紋をぬぐい去ることを失念した場所はあった――。

もう一度くりかえします。犯人は、被害者にうらみをいだいていた人物、被害者の意志により、その経済的利害を左右される立場にある人物、昨夜午前零時から零時半のあいだに一人でいた時間があり、離れの鍵を手にすることができ、それを戻すべき場所を心得ていた人物、そして、被害者および当家の一族から、その過去の行跡を決して〝誇るに足る〟ものとは見なされていなかった一人物であります。

以上の推論ならびに指紋検出の科学的結果と、家宅捜索により発見された証拠物件とにもとづき、K県警察は八島龍之助氏殺害の有力容疑者を逮捕いたします――」

彼女は思わず夫のほうを見た。

見ずにはいられなかったのだ。のどの奥で彼女は笑おうとした。この、とんでもないまちがいを笑いとばそうとした――だが、笑いはどこからも出てはこなかった。

夫が蒼白な顔に弱々しい微笑を浮かべ、緒方警部補のほうにむかってかすかにうなずいて見せたのを知ったとき、彼女は過去十八時間のうち二度目の失神をした。

第十章　愚問とわたし

「でも、あのひとは、嘘をついたんです……」

　と、わたしは言った。

「あのひとは嘘を」

　まるで、こうくりかえすことだけが、現在のわたしにとって一種の護符の役目をはたすと思いこんでいるみたいだった。なにかほかの言いかたをしたいとわたしは思った。しかし、わたしの頭の中は八月のアスファルトのようにかっかと火照《ほて》っていて、この言葉だけがいつまでもどうどうめぐりをしているのだった。

「主人がどうしてそんなことをしたのか、どうしてそんなことをする気になったのか、わたしにはわかりません。あのひとが嘘をついたことだけはたしかなのです――そして、こうやって思いかえしてみると、あのひとはそうするよりほかなかったのかもしれないという気がしてくるのです。なぜといって、あのひとにだって嘘をつく権利はあったのですから。ちょうど、わたしがたくさんの嘘をついてきたとおなじように」

古びたテーブルの上の日ざしは、うすれかけていた。

わたしたち三人が腰をおろしている、ちいさな、殺風景な部屋には、たそがれが忍び寄っていた。

この部屋にはたそがれの光が——古い油絵の中によくある、黄ばみそめた木の葉の色に似た、あのなつかしい光が射していることは、わたしにはひとつの倒錯めいて感じられた。昼が去って、夜がくる。この部屋にはやがて暗闇がおとずれるはずなのに、わたしには、なぜかそれが反対であるように思われたのだ。

いまは、夜。

あの窓から射しているのは、あかつきの光。

わたしは今、暗黒が黎明へところもをぬぎ捨てる、その一線の薄明の上に立っているのだ。

なぜかわからないが、わたしにはそう感じられた。わたしは、ながい夜の闇のさいごの一片の上にいた。この夜はあまりにもながい夜であった……。

緒方警部補は、黒い皮表紙の手帳をとじた。細い鉛筆はページのあいだにていねいにはさまれた。

清家弁護士の昏の煙草は、もうどこかへ行ってしまった。彼はそれに火をつけて吸ったのだろうか？　それとも食べてしまったのだろうか？　彼はもう髪の毛をいじってはいなかった。彼の手は、なにかの考えをまとめる思慮ぶかい道具のように、テーブルの上できちんと組み合わされていた。

机の上に灰皿が出ていなかったことにわたしは気がついた。

二人の男たちは、わたしの話を聞いているあいだじゅう、一本の煙草も吸わず、一杯のお茶も飲まなかったのだ。わたしはそれがすべて自分の責任であるような気がして、ろくに顔をあげることができなくなっていた。

「——思いがけなくながい時間になりましたね」

緒方警部補がつぶやいた。

彼は、暮れていく空を窓ごしに見あげていた。

「ありがとうございました」

わたしはすかさずそう言おうとしたのだが、聞こえたのは清家弁護士の声だった。例によって、わたしはまた吃って、へまをやったのだ。お礼の一言さえも、わたしはきっかけよく口に出せたことがないのだ。

「特別に会って、話を聞いてやってくださったことを心から感謝いたします。これで、ぼくの肩の荷が半分おろされました。もちろん、もう片方は、依然として載っかっていますがね」

警部補は弁護士を見た。

「この女《ひと》の指摘した、真犯人と目される人物の行動を立証すること、この女《ひと》が出たあとで離れを立ち去ったのがその人物と同一人であるかどうかを見つけること、これは非常に困難なことかもしれない。それに、もう、事態が悪化している——。しかし、とにかく、やれるところまでやってみましょう」

警部補は立ちあがった。清家弁護士も立ちあがった。ほんのしばらくのあいだ、彼らはたがいにみつめ合っていた。作戦会議を終えて、勝ち目のない戦場へとおもむく二人の将軍みたいだった。とても真剣で、おもおもしげで、ちょっとばかり悲しそうに見えた——すくなくとも、緒方警部補のほうはたしかに。

それでは、わたしも立ちあがらなくてはなるまい。

やっとのことで席を立ったものの、長旅をしてきた人のようにわたしは足をふらふらさせていた。わたしはとても疲れていたが、そのくせ、なにかしでかしたくてたまらないのだった。

叫び出したい、走り出したい、大きな声でうたいながら、今この場からどこまでも駆け出していきたい……。

わたしが椅子をがたぴしいわせたので、警部補はこちらを見やり、ほとんど冷淡ともとれるような口調で早口に言った。

「まかせておおきなさい。私と、この弁護士とを信じておいでなさい。こうは言っても、あなたはおいそれとはその気になれないかもしれない。あなたの言葉があまりにとりあげてもらえなかったので、お義兄《にい》さんの読んだ、どこかの探偵小説に出てきたような警察がこの国にもあるのだとあなたは思いこんでしまったかもしれない——いや、この国でだって、これから私のしようとすることは、一部の人間から見たら、常軌を逸したことになるのかもしれないのです」

「ひとたび死刑を宣告された罪人をわざわざ助ける手伝いを警察がすることはない、と言う人がどこかにいる、とおっしゃるのですか？」

ゆっくりとうなずきながら警部補は戸口のほうへ歩き出し、ドアの把手に手をのばした。彼はわたしのほうは見なかった。

「います。私のすることは、彼らのもの笑いのたねになる、と言うより、彼らをひどく怒らせることになるかもしれない。しかし……」

警部補は照れたように、よけい早口につけ加えたので、わたしには彼の言葉の意味がようやっとつかめたくらいだった。

「無実の人を死刑にしたくないのは私だっておなじです。それは、私たちの願いではなくて、義務なんです」

「もし、わたしの申し上げたことがすべて真実だと証明されたら――」

わたしの声は、かすれて、のどにひっかかっていた。わたしはもうだまるべきなのかもしれなかった。清家弁護士が、重病人でも見守るような表情でこちらをみつめていた。

「主人は――いのちは助かるでしょうか？」

警部補は、わたしを見かえした。

彼は弁護士とちらと視線をかわし、それからもう一度わたしをみつめなおした。わたしの質問のばからしさにあきれはてたというよりも、ただひどくおどろいたように見えた。

わからずやのちいさな女の子を見おろすような目つきで、彼はわたしを見おろした。

「すべては、証拠固めの裏付け捜査がくりかえされ、控訴審において被告の無罪が立証されたらば、の話になりますが――」

ドアを細めにあけて、外にいた人間に合図して見せた警部補は、さいごにもう一ぺんわたしのほうをふりかえり、とてもやさしく尋ねてくれた。

「そんなにもご主人を愛しているとおっしゃるのですか？」

第十一章　証　　人

「良心に誓って、ほんとうのことを申し上げます。嘘いつわりを申したり、知っていることをかくしたりなどはいたしません」

証言台にのぼった緒方警部補は型どおりの文句を型どおりにくりかえしながら、被告席のほうをゆっくりと見やった。被告席では、やつれた面ざしの若い女が、しかし、その瞳の底に消えのこる熾《おき》に似た表情をたたえて彼のほうを熱心にみつめていた。元《クラブ・レノ》のストリッパー、元八島財閥若夫人、そして今はこの公判の被告人として彼の証言にさいごの望みを託しているひとりの女が。この女を逮捕したときのことを彼は思い浮かべた。風に吹かれた薄葉紙みたいにこの女は彼の足もとの床に倒れたのだった。――あの薄葉紙が今日まで破れずにいたとはまるで奇蹟だ！

証言台の上で、警部補の姿は依然として鈍重そうに、ますます茫洋として見えた。控訴審の終結近く、弁護人の申請により弁護側の証人として法廷に姿をあらわしたこの人物を、知らない人が見たらなんと考えただろう？　出しおくれた証言をたずさえてやってきた、間の抜けた証人とでも思っただろう。

しかし、そんなことを考えた人間はいなかった。法廷中の人間が、この男こそ、現在被告席にすわらせられている女性をこの事件の犯人として逮捕し告発した当人であることを知り抜いていた。彼らの知らなかったのは、どうしてこの男が今になって弁護側の期待するように被告に有利な証言をする気になったのか、ということなのだった。彼が法廷にはいってきたとき、彼を迎えたものは異様な静けさだった。彼が宣誓をすませるころ、静けさは遠い潮鳴りに似た、あるいは誦経に似た、わけのわからないひくいざわめきへと徐々に移り変わっていったが、やがてそれも砂にもぐりこむ蟹たちの吹く泡粒のように、ぶつぶつと消えて聞こえなくなった。

さいごまでそのぶつぶつが尾をひいていたのは、検事席と新聞記者席の一角であった。緒方警部補の、たのもしいともたよりないとも見える、謎めいた例の巨体が証人台にどっしりと居据わったとき、検事の面上には水の上をわたる一陣の疾風《はやて》のような動揺が見られたし、記者席の片隅では、この場の尊厳性、緊迫性とはあまりにもかけはなれた、失敬千万なやりとりがちょっとのあいだ展開された。もっとも、それをやりとりしている当人たちにしてみれば、決して尊厳性と緊張の度をうしなっているものではなかったと主張したかもしれないのだが。

(みろよ、おれの言ったとおりだ)

(ま、まさか——被告を逮捕したのはあの警部補だったんだぞ!)

(あいつは自分で自分の誤認逮捕をみとめて、被告は無実でしたとあやまる気なのか)

(そして、あらためて、真犯人を指摘するに充分な証拠をさがし出してきたんだと!)

(ばかげてら、あの警部補は自分で自分の首をくる気だぜ)

(やつが自分で自分の首をしめるかどうか、そこまではおれも知らないよ。とにかく、検察側はやつの出廷を阻止できなかったんだから、この賭けはおれの勝ちだぜ。この次の給料日を忘れるなよ)

(しッ、はじまるぞ)

「弁護人、証人に対する質問をはじめてください」

と裁判長が言った。

清家弁護士は立ちあがった。彼の髪の毛はもう乱れかけていたが、カラーに垢はついていなかった。彼は証人席のほうにむかって、よくとおる声で問いかけた。

「証人は、本事件発生直後、現場に出向いて、直接捜査の指揮をとった捜査主任でしたか?」

緒方警部補はうなずいた。

「そうです」

「証人は、先に一審において立証された各証拠にもとづいて被告を逮捕し、殺人罪――尊属殺人罪の容疑で告発しましたか？」

「はい」

「一審において被告が有罪と決定し、死刑の判決を受けたときをもって、証人はこの事件の事実上の終結と考えましたか？」

「うむ、ああ、いや……」

緒方警部補の顔を、かすかなたゆたいの色が横切った。

「考えましたか？　考えませんでしたか？　はっきりしていただきたい」

「いや、通常、犯罪の捜査にあたる警察官の任務は、容疑者の逮捕と証拠の裏付け完了とをもって終ると考えられるのでありまして、それ以後のことは……」

「警察官としての任務の上からではなく、一人の人間の生殺与奪の権を一度は手にした者の考えとして思い出してくれませんか。証人はそのときに考えなかったですか？　この判決を支える拠点となった証拠には、まだいくつかの不審かつ捜査不充分な点がのこされているのではないか、と……」

「裁判長、異議を申し立てます！」

検事がとびあがって叫んだ。

「弁護人の質問は誘導尋問であります。あきらかに、尋問の領域を越えています！」

「検事の異議申し立てをみとめる」

と裁判長が言った。

「弁護人、ただいまの質問をとり消してください」

清家弁護士はちらと検事席をながめ、いちだんと大きな声で言った。

「証人は、一審判決のさい、それを支える証拠にはいまだ疑問がのこされていると考えなかったかと尋ねた、ただいまの私の質問をとり消します」

検事はしぶい顔をした。

――検事はどうしてあんなにしぶい顔をしているのだろう？　まったく、発情期のスカンクと鉢あわせしたみたいな顔だ。傍聴人たちは、記者たちは、どうしてあんなふうにぽかんと証人台をながめているのだろう？　証人台にいる緒方警部補の姿が、薔薇いろの象にでも見えるというのか？　彼がそこにいるということが信じられない、とでもいうのか？

ところで、これは、それほど奇蹟的なことなのか？

事件の捜査にあたった警察官は、みずからの誤認逮捕をみとめてはいけないのか？　みずから捕えた容疑者の無実が判明したら、それをみとめてはいけないのか？　あらためて真犯人を逮捕しなおしてはいけないというのか？

もし、彼が、自分の誤認逮捕を公表するために法廷に立ったりしたら、世界が揺れ動くのか？　そんなことをやってのける警察官が存在したとしたら――いいや、そんな警察官の存在することは信じられないというのか？　そんな話は、現代にあっては、処女懐胎やルルドの神託とおなじ程度の夢物語なのか……？

清家弁護士は、証人台へと向き直った。

「証人は、本事件の捜査に際して自分がとったすべての措置にぬかりはなかったものと確信しますか？　具体的に言うなら、証人および証人の部下が発見しのこした証拠品、調査しのこした場所、たしかめのこした証言はひとつもなかった、と断言できますか？」

「裁判長、異議を――」

「裁判長、検事の異議に異議を申し立てます。なぜなら、ただいまの私の質問は、この証人が被告側からの要請によって事件の反証再調査に乗り出すにあたっての心理状態に関して重要なポイントにふれているものだからであります。このように異議を乱発されては、弁護人は正当な質問をつづけることができません」

「――弁護人の言葉は至当とみとめます。証人はただいまの質問に答えてください」

「裁判長！」

「検事、異議はみとめないと言っておるのですぞ」

「証人、今の私の質問に答えてください」

弁護士にうながされて、緒方警部補はわれにもあらず口ごもった。

「その、つまり……捜査にぬかりはなかったと確信したればこそ、本官は容疑者の逮捕に踏み切ったのでありまして――ただ、しかし――」

「ただ、しかし、なんですか？」

「しかし――その」

警部補の額にはうっすらと汗の玉が吹き出した。

「その――つまり、死刑に該当するような罪の容疑で容疑者を逮捕した場合、科学的証明によって裏付けされた確信とはぜんぜん別個に、ぜんぜん異質に、つねに一抹の疑いを、反省を、本官はいだかずにはいられないと言えるのです。どうしてそんなことを感じるのか、自分でもわかりません。本官が確信をもって職務を遂行しているのであることは事実なのです。ただ、そんなとき、きまって、本官は、自分が逮捕し告発した人間に対する疑いというよりも、むしろ、その人間を逮捕し告発した自分自身に対する疑いに似たものを一度はいだかずにいられない、ということなのであります。警察官としてこれがいいことであるかどうかはわかりません。ただ、本官はどうしてもそう感じてしまうのであります……」

彼は額の汗をぬぐった。

みじかい沈黙が法廷に流れた。緒方警部補が息ひとつつくあいだほどの沈黙だった。しかし、そのあいだに、検事はごくりと唾を呑みこみ、判事たちはまばたきを止め、記者席と傍聴席は深い谷間のような静寂の底に沈んでいた。そして、清家弁護士は——彼は、弁護人席で耳たぶをひっかいていた。

「——そこで、でありますが」

弁護士の声が静寂をやぶった。

「証人が本事件の再調査に乗り出そうと決意した動機は、純粋に自発的な意志によるものでありますか？　言葉を換えて言うなら、たとえ死刑の判決に動転した被告人が、あるいは被告人の無罪を信じる周囲の者や弁護人が、言をつくし、涙を流して訴えようとも、単なる同情だけで警察の機構が簡単に動くものではないことを証明しますか？」

「もちろんです！　本官は、この公判の一審終了後、あらためて聴取する機会を得た新事実の重要性をみとめ、その事実を裏付ける証拠の再調査を開始することを決意しました。何人《なんぴと》といえども、本官の意志を左右し、強制し、あるいは変改せしめたものはありません。おなじく、当法廷に証人として——弁護側の証人として出廷することを決意したのも、本官の自発的な意志によるものであります。それを左右し、強制し、また妨害し得る者はあり得ません！」

緒方警部補は検事席をながめた。

証人台に立つことは、彼ははじめてではなかった。検察側の証人としてなら、彼はこれまでに何度かこの台上にのぼった。彼が捕えた凶悪の徒の何人かを、獄舎へと、死刑台へと追いつめる検事の弁舌に、うっとりと耳かたむけたことはいくたびもあった。

しかし、今日のようなのは彼ははじめてだった——。

ほんのすこしずつ、彼は興奮しはじめた。取調室の匂い、留置場の匂い、血と犯罪の匂いをシャツの下までしみこませた捜査一課の万年警部補ではなく、まるで、今日はじめて法廷というものを見せられた青二才の警察官のように。自分こそ正義の守り手だと信じていた、十数年前のあのころのように。

——証人台のかげで、緒方警部補の手はゆっくりとふるえはじめた。

「証人、どこを見ているのですか？　こちらを向いてください——先の一審、ならびに本審の審理中において、被告の事件当夜の行動を裏付け、判決に重大な影響をもたらした二人の証人の証言がありましたが、その証言を今ここで公判記録から読みあげたら、あなたは、それが先に事件の取調べの際聴取した供述と同一であるかどうか確認できますか？」

「できると思います。読んでみてください」

清家弁護士は、書類のひとつをひろげた。

「ここにあるのは、事件発生時、被害者の死亡推定時刻と一致する三十分のあいだに、

被告が被害者の居室へ単身出入りするところを目撃したと申し立てた二人の証人の証言速記録であります。すなわち、証人Aは、

『そのときぼくが目をさまして、父との話しあいが決裂し、父が彼女の妊娠を疑ってさえいることを話してやると、妻は蒼白になり、お舅《とう》さまに直接お話しするわと言い捨てて、ぼくがぬいだ服のそばにほうり出しておいた離れの玄関の鍵をつかんで寝室を出て行きました。ぼくは、まさか殺すとは思わなかったので、そのまま寝ていましたが、しばらくしておちつかぬ様子で戻ってきた妻は、ぼくが眠ったふりをしながら見守っていることも気がつかないらしく、そわそわとガウンのポケットをさぐって、なにかまるめたものを花瓶の中に捨てました……』

とのべ、証人Bは、

『その夜、ぼくが酔って応接間のソファでうつらうつらしていたあいだに、フランス扉から出入りした人間は、誓って彼女一人きりです。彼女はひどくあわててそわそわと往復していきました』

とのべています。これは、あなたが聴取した際の両人の供述と一致しますか？」

「完全に一致します」

「このA、B二人の証人のうち、Aはたしかに、

『そのときぼくが目をさまして、父との話が決裂した云々を彼女に話してやると――』

と言ったのですか？」

「言いました」

「『そのとき』とはどのときだか、具体的に説明していただけませんか？」

「『そのとき』とは、つまり、事件発生当夜夜半のことです」

「正確に言うと、何月何日の何時ごろですか？」

「昭和三十×年六月九日午前零時三分、です」

「証人Aは、たしかに『そのときぼくが目をさまして』と言ったのですな？」

「そうです」

　こいつはなんとしつこいのだろうと、緒方警部補は感心した。自分が容疑者や参考人を尋問するときも相当しつこくやっているつもりだが、こいつにはかなわない。今度、なにかの事件の容疑者を尋問するとき、こいつのやりかたを応用してやろう――いや、自分にはとても、こいつのようにはいかないだろう。こいつの、この、おちつきはらった態度、悠揚としてあせらず、それでいながらおのれの勝利を信じて疑わないかのような、この眼の光り具合はどうだ？　おれにはもう、この弁護士のように、いきいきと相手を見据えることは決してできないだろう……。

「そして、証人、あなたはこれらの供述を有力証拠として被告を逮捕したのでしたね？　その際、被告自身は、それとは正反対のことを、すなわち、

『そのとき、彼はベッドでよくねむっていました』

　と申し立てたにもかかわらず――」

「そうです。なにしろ……」

　警部補は、ふたたび、額をこすった。

「被告の供述を裏づけるものは皆無だったのに対し、前述証人二人の証言は一致し、さらにもう一人、それを裏づけるべつの証人もおりましたので」

「もう一人べつの証人？　それはだれですか？」

「飛騨洛子証人です。この証人もまた、問題の時刻に被告が廊下を急ぎ戻る姿を目撃していました。

『スリッパが階段につまずくような音がしたのでそっとのぞいてみたら、被告が急ぎ足に二階へ上がっていくのがちらりと見えた』

　と証言しています。公判記録を照合してください」

「――なるほど。しかし、これら証言に反して、被告は、夜半一度は被害者の居室をおとずれた事実はみとめたものの、あくまで犯行を否認し、先前の証言に対しても、

『そのとき、主人は目をさましてはいなかった。ベッドでよくねむっていた』

　と主張しつづけていたのですね？　しかも、被告は一審で各証人が尋問されるのを聞くまでは、

『そのときぼくが目をさまして云々』のごとき証言がおこなわれていたことなどはつゆ知らぬままに、終始一貫、

『彼はベッドでよくねむっていた』

と申し立てていたのですね？」

「その通りです」

「あなたは、被告のその主張を裏づける捜査をもおこなう義務があったにもかかわらず、その努力をおこたったとは思いませんか？」

「思い——いや、思わ……」

「弁護人、その質問は証人の人格および職務に対して侮辱的であり、かつまた——」

「裁判長」

反駁したのは、弁護士ではなくて、緒方警部補のほうだった。

「本官は——本官は、ただいまの質問に答えることを拒否しているのではありません。ただ、返答に正確を期するために考えをまとめておるのです。人間は、尋ねられたことに対してすぐに否応を返答しかねる場合があります……。いや、たしかに、本官はその努力をおこたったとは思いません。なぜなら、被告の供述をくつがえす証言が一方においてなされ、さらにそれを二人の証人が裏づけていたのです。一対一の場合であれば、本官はなお慎重を期したにちがいありません。しかし、三対一の場合では……。本官の

とったその後の行動は当然の成行だったと信じます」

「わかりました。では、かりに、それが被告の陳述通りであったと考えてみることはできませんか？　『そのとき、被告の夫はベッドでよくねむっていた』のであると――。その場合、被告は夫と話をすることができたでしょうか？」

「ねむっている人間と話をすることはできません」

「ということは、つまり、被告は、被害者が被告に対してそのときいかなる態度をとっていたか、まだはっきりとは知っていないことになりますな？」

「そういうことになります」

「それでは、そのとき、被告は被害者に対して一方的な敵意をいだいていたと思いますか？　殺してやりたい、というような感情をいだいていたと思いますか？」

「――思えません」

「どうしてです？」

「なぜなら、被告はそのときまだ、期待していたからです。被告の妊娠を知った被害者がそれまでの強硬な態度をやわらげてくれるのではないかと、つよく期待している最中にほかならなかったからであります」

「では、その直後、被害者の居室をおとずれた被告が被害者を殺害するということはあり得るでしょうか？　被害者に対してなんらの怨恨をいだくどころか、被害者を『舅《ちち》』

と呼び、生まれきたるべき愛児には『祖父』と呼ばせたいという、嫁としての当然の希望をいまだ決してうしなってはいなかったときに、突如として凶行におよぶという可能性が考えられるでしょうか？」

「狂人なら知らず——精神鑑定によりまったくの正常人と断定された被告の行動としては考えられません。ただ唯一の可能性として、被害者がそのときはじめて、被告に対する敵意、悪感情を直接、露骨に表明したがために被告がかっとなったかもしれぬ、という想定は成り立ちます。が、しかし、断じてそのような事実はなかったことが証明されるのであります。被害者は被告に対して敵意、悪感情なんぞ一かけらも持ってはいなかったのです！　それどころか、彼は被告とその胎児のために月々の莫大な経済的援助をひそかに計画していたのであります！」

「すると、被告が被害者を殺害したものとすると、そのあとで、せっかく自己の将来に有利な財産問題上の書類を被告は自分から破棄してしまった、というおかしなことになるわけですな？」

「裁判長！　弁護人は——」

「裁判長、検事が興奮して異議を申し立てんとしている理由は弁護人にはよくわかっています。一審にあっては、私がたった今言及したような証拠物件、すなわち、被害者が、被告とその胎児——無事出生のあかつきには被害者にとっては初孫《ういまご》となるはずでしたが

——に対してひそかに月々の援助を約束していた自筆書類、などという代物は、影もかたちも見あたりませんでした。これは、被告がその種の書類が存在したことなどゆめにも考えおよばなかったのをさいわい、前述証人中の一人の手によってさっさと破棄されてしまったがゆえにであります！　しかしながら……」

清家弁護士は警部補に呼びかけた。

「再捜査により、あなたは、その種の書類がたしかに存在していた事実を発見したのですね？」

「そうです」

「ではその証拠の品々を見せてください。それから、被告人の本事件における無罪を立証するに役立つ、他のすべての証拠品も同時に！」

緒方警部補は台の下でごそごそと手を動かし、法廷中がごそごそとざわめき、清家弁護士が意気揚々と見守る中に、裁判長の正面の机の上にひとかたまりのうすぎたない品物が並べられた。

しわくちゃになり、墨の色もさだかとは言えぬが、判読してしきれぬことは決してない数葉の紙片と、もうひとつは、ぼろぼろにくさりかけた男物パジャマの上衣だった。

パジャマの胸と袖口には、うすぼんやりした黒っぽいしみがついていた——。

傍聴席の一隅で、一人の若い令嬢が立ちあがって叫んだ。

「裁判長！　裁判長！……」

そして、令嬢は立ったまま泣きじゃくりはじめた。

「静粛に！　静粛に！」

裁判長はまず、令嬢のほうを向いてではなく、新聞記者席のほうに向かってありったけの声でどならなくてはならなかった。


「——以上の次第でありまして」

と、清家弁護士は一息に言った。

「本件は、被疑者間相互におけるかばい立て、あるいはその逆に、罪のない者をおとし入れんとする悪質な計画から、故意におこなわれた偽証が原因となって、真犯人の存在がさいごまで隠蔽されようとした、おそるべき事件であります。本件の解決にあたっては、無実の罪に問われた被告人のすみやかなる釈放と、真犯人の逮捕・告発はもとより、関係証人のほとんど全員が、軽重の差はあれ、偽証罪・証憑湮滅罪その他の容疑のもとにあらためて告発を受けなければならないことは明白であります」

今や、彼はすっかり自己のペースに乗り切ったところであった。快速船《清家》号は、弁舌とゼスチュアとかけひきの波濤の上をまっしぐらに進みはじめた。もはやさまたげるものはない。勝利の凪が帆布をいっぱいにはらまそうとしている。帆桁はかるやかにに鳴っている。飛沫《しぶき》は華麗な用語となって船首に矢つぎばやにくだけ散る……。

「一審においてくり返し確かめられた証拠によりますと、被告は、事件当夜、被害者からこうむった精神的屈辱ならびに経済上の援助の拒絶という二点に対する怨恨と、さらに被害者の死によって生じる自身の財産相続上の利点とから、なかば計画的に犯行をとげ、犯行後の現場に作意を加えて証拠の湮滅をはかった罪により、刑法第二百条にしたがい、死刑を言いわたされておりますが、当夜の被告の行動を裏づけたものは自白ではなく、関係各証人の証言と、被告の自宅から発見・押収された物的証拠およびいくつかの状況証拠とによるものでありました」

法廷の内部の静けさには、一種の畏怖に似たものがひそんでいた。人々はしわぶきひとつ立てることなく、弁護士の口もとに視線を集中していた。かつて、これとまったくおなじ程度の熱心さと緊張とをもって、検事の論告に注意を集中した人々である。そのとき、検事は、峻烈火のごとき、あるいは氷のごとき口調をもって、

『淫奔の胤《たね》をはらんだ身をかくして億万長者の跡とりの妻の座にはいりこみ、目的がとげられずとみるや殺人鬼と化した冷血の元ストリッパー』

と形容したものだった……。

「すなわち」

と、清家弁護士はつづけた。

「事件の発生した昭和三十×年六月九日未明における、被害者の死亡推定時刻午前零時から零時半にわたる三十分のあいだに、被告が被害者の居室へ単身往復するところを三人の証人が目撃したと証言し、被告が犯行後に凶器の指紋をぬぐったと想定される婦人用ハンカチが家宅捜索によって発見され、それに付着していた血痕が被害者の血液型と一致し、さらにまた、被告が犯行現場を立ち去る際、指紋をぬぐい去るのを失念したと推定される、電灯スイッチ二カ所の附近にのこった指紋が被告のそれと一致し、加うるに、被告が破棄した形跡ありと推定された財産関係の書類の一部は被告に金銭上の損失をもたらすものであったと見なされたこと、そして、

『離れの玄関の鍵のおき場所はおろか、その鍵が離れの玄関のものであることさえもはっきりとは知っていなかった』

と申し立てた被告の抗議が反証として成立しなかったこと、等々の一連の理由から、この犯罪は被告人の犯行と断定されるにいたったことは衆知の通りであります。しかしながら――」

清家弁護士は、ちらりと被告席を見やった。

「一審の終了まぎわにいたり、被告は、被告人の行動を裏づけるに重要な役割をはたした一部証人の証言中にあり得べからざる虚偽の発言があったことをはじめてさとり、ま

た、最終弁論において被告に弁護の余地なしとしてみずから弁護を放棄した一審弁護人の奇怪な態度も、かの偽証証人A、しこうしてこの事件の真犯人と目される一人物への暗黙裡の協力を意味するものであることに心づいたのである！　よって一審終了後、急遽、被告はこの事実を援用した趣意書をもって控訴を申し立てると同時に、控訴審に際しての弁護を本弁護人に依頼したのであります。

一切の事情を説明された本弁護人は、事態の重要性にかんがみ、また、犯人およびそれと同腹中なる憎むべき一部証人の陰険悪辣な行動の機先を制する目的をもこめて、かかる刑事公判の弁護側証人としては異例の証人たる、事件発生当時の捜査主任、すなわち、ただいま証言を終りましたK県警察本部捜査一課緒方警部補じきじきの出廷を要請し、それに成功したところなのであります！」

——ここで一杯飲めたら、と弁護士は思った。彼は傍聴席を見わたし、さっき満場騒然たる中を廷吏につきそわれて退廷した令嬢のすわっていた席とはややはなれたあたりに、山火事を思わせるさくらんぼ色の人影をみとめてかすかに快心の笑みをふくんだ。さくらんぼ色の人影が彼のほうを見あげたまま恍惚と動かずにいることを、彼はよく承知していた。なんとなく、彼はネクタイの位置を気にして手を動かした……。

「緒方証人がなにを証明したか、被告のさとった、一部証人の証言中あり得べからざる虚偽の発言とはなにを指すか、それはすでにあきらかとなった。つまり、事件当夜、被

告は一度はたしかに被害者のもとをおとずれてはおりますが、それは証人Aの証言にあったごとく、
『被害者が被告の婚姻その他を正当とみとめないことを、ぼくから被告に話してやったあと』ではなくその前、つまり、被告が被害者に対していまだなんらの怨恨もいだいてはいないとき、それどころか、当の被害者にしてからが、被告とその生まれきたるべき愛児に対しては、多額の援助を計画していたときにほかならなかったのであります！

かかる恩恵を約束してくれた相手をなにゆえ殺害するのか？　殺害したあとで、自己に有利な、月々の莫大な生活費の援助額の明細までも記されてある、被害者自筆の書類を、なにゆえ破棄するのか？

このような行為が事実おこなわれたとするならば、私は被告人の精神状態を判断するに苦しみます。

裁判長、被害者を殺害したのは被告ではない、書類を破棄したのも被告ではない、真犯人は、被害者が被告とその愛児に対するひそかな援助を通してひいては間接的にその人物をも援助しようとしていた、かくれた親ごころに気づく前に早まって凶行におよんだ一人物であります！

おことわりしておきますが、犯行後の現場に作意を加えた人物、および、書類を湮滅した人物は、それぞれ、犯人とはべつの人間であります。この点については、のちにあ

らためて説明することといたします。

が、とにかく真犯人は、発作的ともいえる凶行ののち、被害者が問題の書類に書きかけていた真意を知り、愕然となって現場を立ち去ったのでありますが、さらにその直後、犯人の混乱しきった心理にあらたな衝撃を与える事件が起こった。

犯人は、犯行現場から庭の小径づたいに母屋へと戻ってくるところを、応接間のフランス扉ごしに証人B、すなわち竹河諠医師に目撃されたのですが、あかるい月夜であった当夜、同時に犯人もまた、同医師がある背徳行為におよんでいる最中であることを確認した——。

これによって、犯人はそののち、竹河医師と取引を結ぶことに成功したのでありました。

『たったいま、きみのしていたことは忘れてやる』

『きみがこの時刻にここを通ったことは忘れてやる』

かくのごとくにして取引は成立し、両人は先の一審において、たがいの保身のために、前述のような重大なる偽証をおこなったのであります。すなわち、先ほど公判記録にしたがって読みあげましたごとく、

『ぼくがそのとき目をさまして云々……』

あるいは、

『ぼくが酔って応援間で云々……』

という次第であります。

さらに加えて、この偽証者の一人Aは、被告が離れの鍵のおき場所を日ごろから心得ていてそれをそこへ戻した可能性も、

『あり得る』

とみとめ、使用人たちもこぞってその証言を支持した。しかも、使用人のうち、富田《とみた》志瀬証人は、被告が常日ごろ離れの周囲を歩きまわっては挙動がおかしかったなどとのべたて、運転手の江崎証人にいたっては、

『事件当日の朝、被告は私に外泊を強制した。その口ぶりには、今から考えると、その晩の犯罪の決行をなんとなく予知しているかのような、一種の〝準備行動〟とでもいうべきものが感じられた』

などと、まことに想像力のたくましいところを示しておる。

だが、事実は、犯人が離れを立ち去り、そしてさらに、殺意とはまったく無関係のべつの目的をもって離れをおとずれた被告がそこを立ち去ったあと、離れに姿をあらわした三人目の人物は、飛騨洛子証人であります！

念のため申しそえますが、その夜、被告は、自分の宿した腹の子に対する周囲の不当な――あえて、不当な、と申しますが――臆測・中傷を否定せんがために、被害者のも

とをおとずれたのです。離れにはいった被告が現場を発見しておどろき、犯人をかばおうという単純な心理から凶器その他に作意を加えて立ち去った——そのこと自体は、法的な見地から見れば、むろん、賞せられるべき行為とは言えませんが——のち、三人目の人物、飛驒洛子証人は廊下を急ぐ被告の足音を聞き、その姿をかいま見て不審をいだき、離れの様子をうかがいに出かけたのであります。

飛驒洛子証人にしてみれば、被害者を殺害したのは被告であろうが真犯人であろうがどちらでもいいところであった。しかし、犯人が不仲とはいえ血を分けた弟であるのにくらべれば、被告は〝いやしむべき前身〟の赤の他人である。しかも、現場にのこされた被害者自筆の書類は、あろうことか、その赤の他人たる被告に対する被害者の、意外な、かくれたる好意を物語っておる。被害者は、息子の嫁たる被告に対し、毎月×万円にのぼる生活費を援助し、さらに自分の死後は遺産の一部を彼女名義として別個に分与するむね書き記していたところを背後からふいに襲われて即死したのであります。

この発見におどろいた飛驒洛子証人は、この犯罪の犯人を被告であると仕立てあげ、同時に、被害者の財産が一銭たりとも被告の手にわたるのをふせごうとする一石二鳥の企てから、急いでその書類をかき集め、袂で鍵をつつんで離れを立ち去りました。

もちろん、その際、おちつきはらった同人は、電灯スイッチを点滅するおりにも指先を袂にあてがい、自分の指紋がのこるのをふせいだと見られます。このとき、先にスイッチにのこっていた被告の指紋も消えましたが、被告は無意識のうちにスイッチの周囲にも手をふれていたがためにその指紋の一部はそのままのこって検出されるにいたったのです。

このようにして離れを出た洛子証人は、玄関の戸に鍵をおろし、その鍵を台所へと戻して、しかるのち、悠々と部屋へ戻ったのであります。

かかる偶然、あるいは善意悪意にもとづく作意による成行が、被告人にとってははなはだ不運とも申すべきひとつの状況証拠を形成し、偽りの証言とあいまって、捜査を担当した警察官の目をもまんまとあざむくにいたった。本弁護人は、良心をうしなった各証人の、ほしいままなる虚言をくつがえすに足る、具体的証拠を存分にあげ得るといえる段階にあるやいなやは、率直に言って自信がありません。証人の陳述は、すべてその自由なる意志に基づいてなされ、証人は自己に不利な証言は、拒否し得る権利を常に有しているものだからであります。

ただ、しかし――」

清家洋太郎弁護士は声をはりあげた。

「これ、ここをごらんいただきたい。事件の再捜査にあたった、緒方警部補以下の捜査班が必死の捜査の結果、新たに発見した品々であります。すなわち――」

しわくちゃになっていた紙きれを彼は手にとり、ていねいにしわをのばした。

「凶行時、被害者の書きかけていた書類こそあとかたもなく破棄されてしまいましたが、万事に慎重を期する性質であったと見られる被害者の愛用の手筥《てばこ》には、家族も弁護士も知らなかった二重底があったのであります！　すでに調査のすんだその物件を、さしたる期待もいだかずにもう一度いじりまわしていた捜査班員がなにげない装飾の螺鈿《らでん》の一端に指をかけたことからその仕掛が発見され、そして、その底深くには、被害者が当日の談合に先立ってひそかに草しておいたと察しられる、新しい遺言状および月々の援助額の明細までも記された自筆草稿――老人がリュウマチに悩む手蹟で書き流しては訂正した、非公式の一片の書類ではありますが――がひそんでいたのである！　そしてまた――」

次は、ぼろぼろの男物のパジャマ。弁護士はそれを王侯のマントかなんぞのように慎重に扱った。

「真犯人がその妻に先立ってベッドへはいることをのみ急いだがためにぬぎ捨てるひまがなく、やむなく毛布をあごまで引きあげて彼女の目からかくし、翌朝、警察陣が到着するまでの時間に実姉と相談の上あわてて捨てたと見られるこのパジャマが、邸内の、今は埋められた古井戸の底から発見されたのです。パジャマに付着している血痕は、そうした状態でながいこと土中に放置されてあったためにいちじるしく褪色変質してはおりますが、化学反応によって被害者の血液型と同型とみとめ得る限度を越えるほどではなく、その変色の程度がかえって時間経過の点から見て犯行時日と符合することが確認されております。かかる重大な物証の存在に、警察側がなにゆえ今日が日まで気づかずにいたか、疑問とされるところではありますが、しかし――」

清家弁護士の視線は、傍聴席の一隅にいる緒方警部補の上をかすめた。

「考えてみればそれも無理からぬことなのです。犯行後、この血染めのパジャマの存在を知っていた者は真犯人とその姉と竹河医師との三人でしたが、彼らはだれ一人としてそれを口には出さなかったのであり、彼らの提供した虚実とりまぜた証言に基づき容疑者として逮捕された被告人にしたところで、夫のパジャマに血がついていたことなど夢にも知らなかったのであります。すでに有力容疑者を逮捕した警察側が、アリバイまでも立証ずみのもう一人の人物の着ていたねまきなんぞに考えをおよぼすでありましょうか？　だいたい、警察というところは、だれかを逮捕したらその証拠の裏づけには全力をそそぐが、反証の調査なんてことには、通常、あんまり熱心にならんものなのである……」

裁判長が咳払いをした。

清家弁護士はべつにあわてず、先をつづけた。

「だからといって弁護人は警察を非難しているのではありません。事件直後の捜査の際に警察が井戸の底までさらわなかったのは不可抗力だったと申しているのです。非難どころか、警察の捜査力がいかに有能なものであるかはこのたびの再捜査が示しておる。捜査班は、被告人の供述からの推測をたよりに全力をあげて聞きこみや家宅捜索をくりかえし、八島家の古井戸が事件発生後ににわかに埋められていることを知ったのです。パジャマの処分に困った犯人がそれを井戸の中などに放置せずどうしてふたたびそれを引きあげて焼却するなりなんなり策を講じなかったのか、これまた疑問であるかもしれませんが、その古井戸はばか深いのである！　この中へもぐりこんでいってパジャマを拾いあげてくるのは相当な準備と労力を要します。しかも、使用人の手前もある。使用人たちはべつに偽証を意図したのではなく、

『奥さんが殺したのだ』

と心から信じ切っていろんな事実やら想像やらをのべたのですからな。もちろん、犯人側には使用人の口封じなどは造作もないでしょうが、だからといってパジャマのことを知っている人間はこれ以上ふやしたくないのが当然です。そこで犯人にとっていちばんやさしい手段は、口実をもうけて古井戸を埋めてしまうことであって、これならたいして疑念も招かず手間もかからず――」

清家弁護士は、なんとなく、自分が弁論の本筋を少しずつそれてきたように思ったので、舵をとりなおし、コースをととのえた。

「……というような次第で、これら新証拠物件のほかに、かてて加えて――」

彼は声をはりあげた。

「本公判における予期せざる出来事として、先に偽証をおこなった証人中ただ一人、被告の義兄の親族にあたる飛驒美紗子証人が、

『入浴後は飛驒夫妻とずっといっしょだった』

と申し立てた前言を自発的にひるがえし、

『おばさまが夜中に起きて出ていき、すこししてから戻ってきて、なにかしきりに破り捨てていたことはおぼえていたが、杉彦さんのことを考えてなにも言えなかった』

と証言しなおした事実、以上の三つの新事実を有力な証拠として、本弁護人は被告の無罪釈放を要求し、同時に、八島龍之助氏殺害の真犯人にして、その妻に無実の罪名を被せ、実姉その他の協力をあおいでみずからの容疑をまぬがれることに汲々とした非道の人物、彼、八島杉彦こそここの被告席にあって裁かるべきものであることを断言いたします！」

法廷のどこかで、だれかが舌打ちした。それは弁護士の名ではなく緒方警部補の名をかすかにつぶやいた舌打ちであったが、しかし、とにかく、そんなものは蚊の鳴くほどにも聞こえはしなかった。

わーんとわきあがった嘆声と私語と、裁判長の、

「静粛に！　静粛に！」

と叫ぶ声とのまっただなかで、被告席にいる女が涙をためた眼で弁護人を見あげ、それから、だまって傍聴席の一角へと視線を移した。

杉彦の端正な横顔は、むし暑い六月の午後、自宅の応接間で妻が逮捕されるのを見守っていたときにもまして蒼ざめていた。

終　章

わたしたちは、面会室の金網ごしにみつめ合っていた。

もう、接吻はしなかった。たとえ、みじかい、名ばかりのものでも。

「さようなら」

と、わたしは言った。

「今度こそ、ほんとうのさよならなのね。あなたの判決は言いわたされた。控訴だって、上告だってきっとおなじようなことがくりかえされるだけだわ。あなたには判決をひっくりかえすすべはなにもないのよ」

「本望だろう？」

と、夫は尋ねた。

彼の眼は、やさしく、もの悲しげにわたしをみつめていた。

（澄んで、さびしげな光をたたえているあの眼！　あれが人を殺した男の眼だろうか？）

またおなじことを考えている自分にわたしは気がつくのだった。でも、それは人を殺した男の眼なのだ。そして、わたしをも殺そうとした男の眼なのだ。どうしてそれがそうなのか、わたしにはわからなかった——。

「本望だわ」

と、わたしは答えた。

「わたしは望みをうしなわないことにきめていたのよ。世間の人ぜんぶに見捨てられても、わたしだけは。わたし一人だけは」

「いつかぼくが面会に来たときも、きみはそんなふうなことをしゃべっていたね。あれはいつのことだったのだろう？　遠い遠い昔のような気がする」

「ほんとうに、あれはいつのことだったのかしら？」

と、わたしは言った。

「おぼえているわ、あのとき、あなたが笑ったのを」

「笑わずにはいられなかったのさ」

彼はつぶやいた。

「ぼくのアリバイは完璧だった。姉も義兄も竹河も由木も、みんながぼくに協力してくれた。人間の協力精神がどこまで発揮されるかというテーマの見本みたいだったよ。

あたりまえだな、ぼくらはみんな同類だったのだもの。あの家で生き、あの家で結びつけられていた同類だったのだもの。ぼくらはみんなおんなじだったが、きみだけはそうじゃなかったのだもの……きみが死刑になったら、ぼくらはみんなでおやじの金を分け、ぼくは美紗子と結婚すればいいのだった。ぼくが死ぬより、きみが死刑になったほうが、みんな、とても助かったんだ。きみが死んでしまえばほんとうによかったんだ──そして、ぼくだって、きみを死刑にしてやりたかった。きみがどういう女なのか、竹河からもっといろいろ教えてもらったあとではね」

「お義姉《ねえ》さんの言葉で、もうわたしの妊娠を疑っていたんじゃなかったの？」

「ちがう──ぼくは、おやじの前で、姉と大げんかをやらかしたくらいだったんだぜ。ぼくらがののしりあうのを、おやじは黙々と聞いていた。おやじは、きみを疑うとも、そんな女とは別れろとも、そんなことは一言も言いはしなかった。あれはぼくと姉と由木とのでっちあげだ。ほんとうは、おやじは、ただだまって聞いていただけだった……。

おやじががんとして口をとざしたまま、いくらたのんでもものを言わなくなってしまったので、ぼくらは仕方なく離れを出たが、姉や由木と別れて寝室へあがったぼくは、なにも知らずにねむっているきみの姿を見ると、いじらしさとくやしさで寝つかれなかった。

しばらくのあいだ、ねむったふりをしながらぼくは悶々としていたが、十二時すぎ、きみが起きあがって窓をしめ、ガウンを羽織って出ていくのを見とどけるとすぐに起きあがった。おやじに、飛驒の使いこみの一件や、姉たちがぼくときみをどんなに追い出したがっているか、一対一で洗いざらいぶちまけてやろうと決心したんだ。姉のいる前では、ぼくにはそれが言えなかった。言ったとしても、姉はあのなめらかな舌と心得顔をあざやかに使いこなしてたちまちみんなに、ぼくが途方もないでたらめを言っていると思いこませてしまうんだ。いつだって姉の前ではぼくは〝能足りんのわがまま坊っちゃん、口から出まかせばかり言うぐうたら坊っちゃん〟でしかなかった。姉はいつもぼくをそう呼び、それを聞かされたすべての人間がそれを信じた——。ミミイ・ローイ！きみという女を見つけたとき、ぼくはその人間たちの世界から抜け出す道づれを見つけたと思ったんだが。

応接間を通り抜けるとき、竹河を起こさないようにそっと歩いたさ。あいつがソファで酔いつぶれていたことは先刻承知していたからね。離れへはいっておやじのそばへ行くと、おやじは文机にむかってなにか書きものをしていたが、ぼくのほうをちらりとふりかえって、また来たのかという表情をし、こっちに背を向けてまた書きつづけた。ぼくのことなんかほとほと愛想がつきたというような、とりつく島のない態度だった。

そんなことは、ぼくははじめてだった。ぼくと二人きりのとき、いつだっておやじはやさしかったんだ。

『杉彦、杉彦、わしにまかせておおき。おまえのわるいようにはせんよ』

ってね。おやじはほんとうは姉貴よりはぼくを愛していたんだぜ。ぼくは知ってたんだ。ぼくはどんなときでも安心していればよかったんだ。だのに、あのときは……。

ぼくは内心むっとした。同時に、今までにない恐怖を感じたんだ。おやじはほんとうにぼくのことを見放してしまったんじゃないだろうか？　とね。おやじに見放されたら自分は生きていくことはできないんだということが、あの瞬間、はっきりわかったんだ。

ぼくはおちつこうと努力しながら、

『お父さん、実は姉さんたちのことだけれどね——』

と呼びかけた。すると、おやじはろくに顔もあげないで、肩を揺すり、

『よせ、わしにはわかっておる！』

とどなった。書きかけの書類を手で押しかくすようにしてなぜかひどく狼狽し、その狼狽をむりにまぎらそうとするみたいに大声でどなりつけたんだ。女中か運転手か、役立たずの平社員をどなりつけるときそっくりに。

かっとしてぼくが文鎮をひっつかんだのはそのときだった。

——血がパジャマにはねかえり、ぶざまに倒れたおやじの書きかけの書類を読んだとき、ぼくは思わず目をこすった。なにもかもうっちゃって、泣きわめきながらぼくはそ

の場を逃げ出したかった。鍵を忘れたのも、灯りがつけっ放しなのももうどうでもよかった。夢中で離れを逃げて小径づたいにテラスへと来たら——月光の射しこむ応接間で竹河と抱き合っているきみの姿を見たんだ。

きみは月あかりの中で白いガウンの裾を曳き、フランス扉に背を向けてあいつの胸に顔をうずめていた。いつか、

『あなただけよ、あなただけよ』

と言いながら、ぼくの胸の中でしたときとおなじように。

きみがあいつに尻尾をつかまれてがっくりきていたところだったのか、よろこんであいつと抱き合っていたところなのか、どうしてぼくにわかるもんか。とにかく、きみはあいつに抱かれていたんだ。接吻は無意識に拒んだだって？　おんなじことだよ。どのみち、きみは一度はあいつと寝てやるつもりだったじゃないか。なにかの目的さえあれば、きみはだれとだって寝られる女じゃないか。人にさえ知られなければなにをしてもかまわない女がきみじゃないか。

きみは庭に背を向けていたからぼくの姿には気づかなかったが、竹河はぼくをみとめ、おどろいてきみを放した。きみがガウンの裾をひるがえして夢の中の白い蛾のように小径を走っていくのを、エニシダの茂みのかげからぼくは見送っていた。ぼくたちのすごした、楽しかった、みじかい〝時〟が、きみといっしょに遠くへ走り去っていくのがぼ

くにはわかった。きみがなんのために離れへ走っていったのかはわからなかったが、それだけははっきりわかったんだ。

ぼくは大至急動き出さねばならなかった、うしなってしまったもののことを惜しんでいるより、大急ぎで、冷静に、賢明に次の行動にとりかかる必要があった。ぼくはフランス扉をひらき、竹河に呼びかけながら応接間へとはいっていった。ぼくはすっかりおちつきをとり戻しており、なにをどういうふうに利用すればいいか心の中で計算しはじめていた……。

きみのような女のために死刑にならなくてはいけないというのは、ぼくにはどう考えても割の合わないことのように思われた。さいわい、ぼくには、一言だけ真実に手を加えればいいアリバイと、それを擁護してくれる証人たちと、彼らをひきつけておく大金とがあったから、死刑台へ行かなくてもすみそうな気がした。しかも、きみまでがぼくをかばって、ごていねいにも警察に嘘をついてくれたんだからね、その嘘がきみ自身の墓穴を掘るとも知らずに。あのうすのろ警部補がぼくの都合のいいところだけを信じてくれたのはこっけいだったが、しかし、考えてみれば、あいつがきみを逮捕していったのは無理のない話だったわけさ――そして、おやじのあの手筈！　くそいまいましいあの手筈！　おやじが二重底を作らせていたとは知らなかったよ。だけれど、ねえ、きみ。きみはいつだってぼくのことを、

『いのちよりも愛している』

と言うのが口ぐせだったじゃないか。それを言うとき、きみはあんなにも誇らしげでしあわせそうだったじゃないか。それだったら、ぼくのかわりに絞首台へ行くぐらい……」

「あれはほんとうだったわ」

と、わたしは言った。

「あなたを愛していたのだもの。心から愛していたのだもの。子供の父親が欲しかったのもほんとうだし、ストリップをやめられるのがうれしかったのもほんとうだった。そして、わたしがあなたをいのちより愛していると言ったのもそれに劣らずほんとうのことだったのよ」

「でも、きみは、それを証明してはくれなかったじゃないか」

駄々っ子のように夫は鼻を鳴らした。今度は彼がわからずやになる番なのだ。

わたしは首をふった。

「できなかったわ――わたしにはできなかったわ。わたしだって死刑はいやよ。とくに、無実の罪でなんか」

彼は、もうこの話にはあきあきしたとでもいうようにわたしから視線をそらしかけた。疲れてあきっぽくなった、ちいさな男の子そっくりだった。

これでお別れにしようとわたしは思った。

「さいごに、もうひとつだけ教えて」

とわたしは言った。

「お父さまはどうしてそんなにわたしのことを好いていてくださったのかしら？　お義姉《ねえ》さんたちの手前をはばかって、こっそりと書類を書きなおすほど、どうしてわたしを好いていてくださったのかしら？」

夫はわたしを見かえし、くすくすと笑い出した。

「由木のやつがぼくに教えてくれたぜ、おやじはあの朝、由木に言ったんだって。

『あの女がわしになんと言ったかわかるか？　あの女は、わしの前に立ちおってな、こう、かたちのいい胸を恐れげもなく張りおってな、わしを真向からみつめて、

〃杉彦をいのちよりも愛しています〃

と宣言しおったのだぞ。あの、だれからも見放された、ろくでなしの、わしの一人息子をな……。

あの女には、わしの死んだ女房にも、娘にも息子にもない、まっとうななにかがある。わしのまわりに這いずり寄ってきては追従《ついしょう》を言ってのける以外にわしとつきあうすべを知らぬ人間ども、あの、わしが一度だって腹の底から信用したことのない人間どもとはぜんぜんちがうなにかがある。わしはあの女のためにできるだけのことをしてやるつ

もりだ。

だが、いいか、由木、洛子にも杉彦にもあくまで内密にはこぶんだぞ。わしがあの女にそんなことをしてやっていると知ったら、娘はだまってはいないだろう。し——洛子にはあの女の良さなんぞおそらく一生かかってもわかるまい——杉彦は杉彦で、せっかくの立ちなおりの機会をうしなって、またずるずると元どおりの安穏な遊蕩生活に堕ちこんでしまうだろう。それではあの女が可哀想だ。

いいか、由木、なにもかもうまくはからうんだぞ』

とね。

由木が警察にそのことはおくびにも出さず、ぼくたちの指図通りになったのは、あくる朝、事件が発見される前にぼくと相談した姉が由木の家に電話して口止めをしたからだ。由木はすべてを知っていたし、きみに好意も持っていたが、結局、ぼくらの味方になり、他の弁護士も買収のきくやつばかり集めてきた。

由木だけじゃない、竹河だってそうだ。あれはきみに好意以上のものを持っていた男だ。しかし、八島家の主治医の地位ときみとを天秤にかけさせたら、一も二もなくぼくらの言うなりになった。そんなことはぼくらにとってはとても簡単なことだったよ、とても……」

看守があらわれて面会時間の終りを告げ、まだくすくす笑いつづけている夫をわたしから引きはなした。彼が看守に抱きかかえられるようにして扉の向こうへ消えるのを、わたしは金網に手をかけて見送っていた。それから、わたしは面会室を出て、がらんとした、うすら寒い待合室へはいっていった。

かたい木のベンチに腰かけてわたしの出てくるのを待っていた二人の人間が同時に立ちあがった。

「おめでとう——と言っていいのかどうか」

清家弁護士は大きな手をわたしのほうへさし出し、当惑したようにこちらを見た。彼がまたもや飲んだくれの三文文士のようにしか見えないのがわたしにはおかしかった。

「いいんですわ、おめでとうで……。先生のご恩は一生忘れはいたしません」

「その言葉は、ぼくにではなく、あの警部補に言ってやってください。あなたのような美人からそう言われたらあの男は後悔しませんよ、たとえそれが葉書の一行で、そして、あなたと彼とはもう二度とご縁はなくなったにしてもね」

わたしはゆっくりとうなずいた。今度の事件が解決して、緒方警部補がK県の中でもいちばん辺鄙な遠い山村の分署へ転任させられていったことをわたしは知っていた。荒涼としたキャベツ畑を背にのっそりと立っている、アメリカ野牛に似たうしろ姿を、わたしは心にえがいてみた。——彼はまたいつか、中央へ帰ってくることができるだろうか？

うわのそらで握手している自分に気がつき、わたしはあわてて顔いっぱいほほえみながら清家弁護士の手を握りなおした。それから、つづいてさし出された、むちむちした手も。

刑務所の陰気な建物にはひどく不似合な真紅な爪とちゃらちゃら鳴るすさまじい金メッキの腕環《ブレスレット》のついた手だった。エダは、行先が結婚式だろうが葬式だろうが、あるいは刑務所の待合室だろうが、いつだって満艦飾なのだ。

「泣いてたの？　泣くことはないやね。あんな人でなしと別れるのに」

わたしは手袋で目をこすった。マスカラがとけて手袋についてきた。

「――これからどうするつもりですか」

わたしたちといっしょに刑務所の玄関まで出てきた清家弁護士は尋ねた。彼は、このたびはハンカチからだいぶ昇格し、エダの贈った赤い格子じまのマフラーを首に巻きつけていた。彼の笑顔は、笑っているにもかかわらずすこしばかり愁いをたたえていて、彼が真剣にわたしのことを考えていてくれるのであることが感じられた。

「どうするって――また《レノ》で踊りますわ。ほかにすることもないし」

「それがいっとういいのよ」

エダがあとを引きとった。

「ミミイ・ローイがまた出演するっていうんで前人気は上々なの。ふつう、こんなにながいこと舞台から遠ざかっていた踊り子がカムバックするっていうのはむずかしいものなのよ。でも、この人の場合はちがうわ。この人の名前はすっかり有名になったしね。この人ぐらい新聞や週刊誌に書きたてられたヌード・ダンサーは前代未聞だってことだよ。よそから引き抜きにも来てるし、出演料《ギャラ》だって上がってるのよ。今はこの娘《こ》が《レノ》のピカ一なんだよ」

「するてえと、エダ、きみみたいな老骨はそろそろ引退かね？」

「あらいやだ、あたしはまだまだ踊りますよ。あたしはストリップが好きだもの。因果とね、あたしはあの騒々しい、ばかげた世界が好きなんだ。たとえお客がこの娘《こ》を見にくるお客だけになっても、あたしは踊るよ」

「わたしを見にくるお客なんていないわ」

とわたしは言った。

「みんな、〝夫を死刑台へ送った女〟を見にくるのよ」

――わたしには見えた、紅いテーブル・ランプの浮かぶ暗闇が、行きかう給仕たちの白服が、銀色のスポット・ライトが。そしてその真中で、無数の視線をあびて踊りつづける半裸の女の姿が。あれこそはわたしの帰って行く世界、わたしの行きつくべき世界なのだった。

わたしたちは清家弁護士に手を振って別れた。彼がわたしたちに背を向けて、今出てきた建物のほうへとのこのこ引きかえしていくのを見ながらわたしはエダの腕を小突いた。

「エダ、どうして先生はいっしょに来ないの？　先生に飲みたいだけ飲ませる約束、まだはたしていなかったんでしょう？」

「ああ」

エダはけろりとしていた。

「お祝いは延期にしたんだよ、きっと」

「延期？」

「彼はこのところ、とみに忙しくなっちまったのさ。彼の手腕を聞きつたえた四人どもがわれもわれもと相談を持ちこんでくるものだからね。今、あの人は、どうか無罪にしてくれと泣き叫ぶ人殺しを二人と強盗を四人、それからもっとくだらないこそ泥や放火魔なんかをごまんとかかえこんでいるんだよ。でも、彼がお祝いをのびのびにしているほんとうの理由というのはね……」

エダは声をひそめた。

「がっかりしちまった、ってことなのよ。あたしが当分引退しないと聞いたときのあの人の表情見た？　またいつになったら結婚の申し込みをしなおそうかと、あの人は頭をなやましているんだよ」

「どうして結婚しないの？」

　わたしはぼんやり尋ねた。

「あなたたちはきっといいご夫婦になるわ」

　エダは猫でも追いはらうような手つきをした。

「——そんなことより、ねえ、ミミイ、あんたが犯人じゃないってことぐらいはじめからわかっていたと言うのにねえ。あたしの証言なんか、たいして役には立たなかったんだねえ」

「証人台に立つときはね、もっと胸ぐりのあさい服を着てくるものよ。あんたのおっぱい、被告席からでも見えたわ」

「あんなのしか持ってないんだもの」

　エダはぶつくさ言いながらハンドバッグをあけてチューインガムの包みをつかみ出し、わたしは、もうなにもはまっていない指を手袋の上から無意識に撫ぜた。春の雪がとけるようにやがてはこの習慣もわたしから自然に消えていくだろう。

　わたしたちが刑務所の門を出てしばらく行くと、淡い色のオーヴァを着た若い娘が向こうから急ぎ足にやってくるのが見えた。彼女は伏し目がちに足を早めており、わたしたちの姿には気がつかないようだった。

「美紗子さん」

通りすがりに、わたしは呼んだ。

娘は立ちどまり、大きく眼を見はってわたしを見た。わたしのことがすぐにはわからないようだったのも無理はなかった。あの家にいたときや法廷に立っていたときにくらべたら、今日のわたしはエダほどではなくともそれに近い装いだったから。

「あのひとに会いに？」

なにか答えるかわりに、娘はやさしい悲しげな微笑を浮かべてうなずいた。

「早くいらっしゃるといいわ。ながいこと待たされるし、それに、もう今日はだめだと言われるかもしれないけれど、でも、たのんでごらんなさいね、面会できる日はあとわずかなのだからって」

彼女はもう一度うなずき、わたしとエダにむかって頭を下げてから、門衛のほうへ小走りに去っていった。その姿を見送りながら、わたしは、彼女もかつてわたしたちがしたとおなじように金網をへだてて彼と接吻するのだろうかと考えた。

裏庭のまるめろの木の幹に頭文字を彫りつけている若い男と女の姿が、わたしの頭のどこかに浮かんで消えた。彼らは声をたてて笑い、それから手をとり合って遠くへ走っていった。

『ミミイ・ローイ！』

どこか遠くで誰かがわたしを呼び、そしてその声ももっと遠くへ消えた……。

「あの娘《こ》の顔、おぼえてるよ」

ガムの包みを破り捨てていたエダが言った。

「あの娘《こ》とあたしだけだったじゃないか、あんたが犯人だとは信じられないと言ったのは——でも、あの娘《こ》も、最初はあの男の味方をしていたんだね、法廷であんな騒ぎを起こすまでは」

「あの女《ひと》も彼を愛していたのよ」

と、わたしはつぶやいた。

「それじゃ今はほっとしてるくちだよ。あのろくでなしとつれそって一生苦労させられるはめにならなくてすんだもの」

わたしたちは並んで、人気《ひとけ》のない、乾いた寒い道を駅のほうへ歩き出した。わたしたちのハイ・ヒールが、凍った道にこつこつとちいさな音をたてた。

「《レノ》は改装してきれいになったのよ。楽団《バンド》も入れかえたし、衣裳も新調よ。もう二流じゃないのよ。あんた、あの引き抜きの話に乗るつもり？　条件がいいならとめやしないけれど、《レノ》だってあれでそんなにわるくはないよ。世の中、どこへ行ったっておんなじだよ」

わたしがガムはいらないと言ったので、エダは一人でくちゃくちゃやりながらいつまでもしゃべりつづけていた。

解　説

道尾秀介

誰でもたいてい「秘密の場所」というものを持っている。子供であれば、金網の隙間を抜けて入る小さな空き地、マンションの地下駐車場にある死角、使われなくなった海辺の倉庫など。大人になるとそれが、流行らない喫茶店や静かなショットバー、女の子のいるお店——は別の意味で秘密の場所だが、そういったものに変わる。

『弁護側の証人』は、僕にとって秘密の場所だった。ある人に勧められて一読して以来、誰にも教えたくない一冊だった。年配のミステリーファンの中では有名な小説だが、なにぶん昭和三十年代に書かれた作品なので、同年代の仲間内ではタイトルが挙がってくることなどほとんどない。絶版になっているから、見つかる可能性も極めて少なく、誰かとオススメ・ミステリーの話になっても、知らないふりをして安心していられた。もしかしたら、僕だけでなく、他にも同じような人がいたのかもしれないが。

そんな『弁護側の証人』が、このたび集英社文庫で復刊されることになった。はっきり言って僕はがっかりしたし、僕と同じような隠れファンもみんながっかりしたことだろう。大事にしてきた秘密の場所に、いきなり「ココです↓」と看板を掲げられるのだから当然だ。

だが、見つかったからには仕方がない。もうやけくそ半分で、できるだけたくさんの人に読んでもらいたいと思う。とくに、口コミ力のある若い世代に。おそらくこの小説は、どの世代の誰が読んでも素晴らしい作品だろうから。もしこの小説をまったく愉しめない読者がいたとしたら、それは、その人が絵筆を握る手を持っていなかったせいだ。

——と書いた理由は、あとにつづく拙文を読んでいただければおわかりになると思うのだけど、内容が小説の核心部分に触れているので、未読の方には絶対にページを閉じていただきたい。既読の方も、十分に小説を愉しめたのであれば、この解説など、旅行を満喫したあとで『るるぶ○○』を見るようなものなので、ページを閉じていただいて構わない。

むかし芦屋《あしや》雁之助《がんのすけ》さんがやっていた「裸の大将」を、今はお笑いコンビ・ドランクドラゴンの塚地《つかじ》武雅《むが》さんが演じている。演技、ストーリーともに素晴らしく、僕はだらしなくも全話でぼろぼろ泣いているのだが、そのドラマの、たしかシリーズ三作目の冒頭だったか、裸の大将であるところの山下清が富士の裾野にある湖で写生をしているシーンがある。湖面に映っている逆さ富士を見て、山下清は「こ、こ、この富士山なら、ちよ、頂上まで簡単に行けるんだな」とか言いながら、湖にどぼどぼ入っていってしまう。で、溺れる。

僕を含め、『弁護側の証人』の第十一章でバチンと膝を打った人たちは、みんなこのときの山下清だ。著者が描いた見事な逆さ富士を、本物の富士山だと思い込み、湖の中に歩いていってしまった。で、気がつけば溺れていたわけだ。水中で驚愕《きょうがく》の目を瞠《みは》り、声にならないあぶくを吐く僕たちの眼前を、それまで見てきた数々のシーンが全く別の貌を持って流れていく。

「おちつけ？　おちつけって言うの？　あんた、この娘の身にもなって考えてやらないの？　惚れて惚れて惚れぬいた亭主が――」

「わかっとるよ」（51頁）

「そうなのです。今からではおそすぎるでしょうか？　わたしの発見した事実を基にして、もう一度捜査をくりかえしていただくなどというのは、狂気の沙汰のお願いなのでしょうか？　妻は――妻というものは、夫のためには嘘ばかりつくもの、ときめておしまいになったのでしょうか？」（85頁）

「もし、わたしの申し上げたことがすべて真実だと証明されたら（中略）主人は――いのちは助かるでしょうか？」（中略）「そんなにもご主人を愛しているとおっしゃるのですか？」（204頁）

僕たちは思い出す。そうだ、たしか清家弁護士が僕たちに向かって一度だけヒントを口にしてくれたのではなかったか。

「とくに、この事件のような、一見単純と見える性質のやつは、見る者にしばしば大きな誤謬を植えつけるものでしてな」（157頁。傍点は筆者）

第十一章、法廷のシーンの冒頭において、無防備だった読者の目の前で天地が逆転する。突然にして水の中に嵌《はま》り込み、慌てて手足をばたつかせる僕たちの耳元で著者が囁く。

「この富士山が本物だなんて、言いましたか？」

いや、言っていない。僕たちはただ、目の前の逆さ富士が、峰の起伏から、そこにかかる雲の一片まで、あまりに完璧に描かれていたから――。

しかし、このときふたたび著者は囁く。

「その絵は、あなたが自分で描いたのではないのですか？」

もはや一言もない。そのとおりなのだ。たしかに絵筆を握っていたのは著者ではなかった。冒頭、厳めしい看守の顔をどこに描くかを決めたのも自分だった。主人公が清家弁護士や緒方警部補と面談しているシーンで、彼女たちの背景をどんな色に塗るのかも自分次第だった。主人公が流す涙にけなげな色を選んだのも自分だった。

著者が湖面に描いたのは、はじめから、彩色の施されていない単純な線のみだったのだ。

だが、この単純な線を描くのにどれだけの才能と想像力と勇気が要るだろう。叙述ミステリーに限らず、この単純な線は、上質な小説には共通して備わっている、いわば骨格だ。風景も、表情も、愉しみも恐怖も、夢も希望も、自分で描くからこそ本物になる。寸分の狂いもない下絵を描くこと。よそ見しがちな読者の手に絵筆をしっかりと握らせること。読者自身の手によって、絵を完璧に仕上げさせること。――ジャンルなど関係なく、すぐれた小説家はその術を知っている。

衝撃冷めやらぬ状態で、なんとか水から這い出た僕たちは、湖畔に座り込み、『弁護側の証人』というタイトルをぼんやりと眺める。ちょっと鼻水をすすりながら、しかし胸に満足の思いを抱えながら、タイトルの隣にミミイ・ローイの横顔を描く。もう慣れたもので、絵筆を動かす手つきはなかなか堂に入っている。それから僕たちは「証人」

という文字の脇に緒方警部補の顔を描き、ついで、空いているスペースに垢抜けない清家弁護士を描く。杉彦を描く。無惨に殺されてしまった龍之助老人や、事件に関わった八島家の人々を描く。ミミイ・ローイの表情は哀しいが、しかし強い。緒方警部補は不器用そうだが真っ直ぐな目をしている。清家弁護士はやはり垢抜けない。杉彦や龍之助老人や八島家の人々の顔は、みんなとても辛そうだ。死んだ者も、これから死んでいく者も、生きていく者も、誰もが目の奥に整理しきれない思いを燃やしている。悪意とは何だと訴えている。どうして時間を巻き戻せないのだと嘆いている。

やがて僕たちは、まだ半分濡れた身体で起き上がり、富士山を背にして立つ。腰を曲げ、股の下から顔を出して景色を覗き見てみる。こんな逆さまの景色を見せられていて、どうして気づかなかったのだろう。髪の先から地面に水がしたたるのを感じながら、負け惜しみ半分に呟く。そしてやっぱり、著者が描いた下絵の妙に感心するのだ。

小泉喜美子さんという作家は、最初の夫である生島治郎《いくしまじろう》さんや二番目の夫である内藤《ないとう》陳《ちん》さんとのアレコレなど、失礼ながらなかなか興味深いエピソードを多く持った人なのだが、著者の生い立ちや経歴なんて今の時代インターネットで検索すれば誰でも調べられるので、わざわざ書かない。一つだけ付記しておくと、この著者は一九八五年、新宿の酒場の階段から落ちて亡くなったらしい。お酒を飲み過ぎて、ずいぶん酔っぱらっていたのだそうだ。本当に、惜しい絵師を亡くしたと思う。驚きや感動とともに教えられた「下絵の技」を、少しでも引き継いでいければと、いつも願っている。

〈読者の皆様へ〉

本作品におきまして、刑法第二百条【尊属殺】に関しての記述がありますが、これは一九九五年の刑法改正により削除され、現在は存在しておりません。しかし、作品発表時の設定を考慮し、原文のままとしております。

（編集部）

この作品は一九六三年二月に文藝春秋新社より書き下ろし単行本として刊行され、一九七八年四月に集英社文庫として刊行されました。

集英社文庫　目録（日本文学）

小池真理子　律子慕情	河野美代子　初めてのSEX あなたの愛を伝えるために	小杉健治　江戸の哀花
小池真理子　短篇セレクション サイコサスペンス篇I	永田由紀子	小杉健治　水無川
小池真理子　会いたかった人	五條瑛　プラチナ・ビーズ	小杉健治　ルール
小池真理子　短篇セレクション 官能篇	五條瑛　スリー・アゲーツ	古処誠二　七月七日
小池真理子　ひぐらし荘の女主人	古処誠二	御所見由好　誰も知らない鎌倉路
小池真理子　短篇セレクション 幻想篇		児玉清　負けるのは美しく
小池真理子　命	小杉健治　絆	小林紀晴　写真学生
小池真理子　短篇セレクション ミステリー篇	小杉健治　二重裁判	小林光恵　気分よく病院へ行こう
小池真理子　泣かない女	小杉健治　汚名	小林光恵　12人の不安な患者たち
小池真理子　短篇セレクション ノスタルジー篇	小杉健治　裁かれる判事	小林光恵　ときどき、陰性感情 看護学生・理実の青春
小池真理子　夢のかたみ	小杉健治　夏井冬子の先端犯罪	小檜山博　地の音
小池真理子　短篇セレクション サイコサスペンス篇II	小杉健治　最終鑑定	小松左京　明烏 落語小説傑作集
小池真理子　贅 肉体のファンタジア	小杉健治　検察者	小松左京　一生に一度の月
小池真理子　柩の中の猫	小杉健治　殺意の川	小山勝清　それからの武蔵 (一)(二)(三)(四)(五)(六)
小池真理子　夜の寝覚め	小杉健治　宿敵	今東光　毒舌・仏教入門
小池真理子　瑠璃の海	小杉健治　不遜な被疑者たち	今東光　毒舌・身の上相談
小池真理子　虹の彼方	小杉健治　特許裁判	今野敏　惣角流浪
小池真理子　弁護側の証人		
小泉喜美子　うわばみの記		
小泉武夫　よみがえる高校		
河野啓		
河野美代子　新版 さらば、悲しみの性 高校生の性を考える	小杉健治　それぞれの断崖	

集英社文庫

弁護側《べんごがわ》の証人《しょうにん》

2009年4月25日　第1刷　　定価はカバーに表示してあります。
2009年10月24日　第7刷

著　者　小泉喜美子《こいずみきみこ》

発行者　加藤　潤

発行所　株式会社 集英社
東京都千代田区一ツ橋2-5-10　〒101-8050
電話　03-3230-6095（編集）
03-3230-6393（販売）
03-3230-6080（読者係）

印　刷　図書印刷株式会社

製　本　図書印刷株式会社

フォーマットデザイン　アリヤマデザインストア　　マークデザイン　居山浩二

ISBN978-4-08-746429-0 C0193